Author 羽田遼亮

Illustration マシマサキ

2

英雄支配のダークロード

Dark lord of heroic rule

「あれは御館様の必殺技、
越《えち》後《ご》龍《りゅう》平《ひら》突《づ》き」

その一撃は雷鳴の早さと轟きをもって化け蛙に直撃する。
——一撃であった。
龍の平手突きを喰らった化け蛙は一瞬にして木っ端微塵となる。
圧倒的な質量の一撃を喰らった化け蛙は臓腑を撒き散らせる。

「君は紅茶を淹れる名手だな」

「……名手だなんてそんな」
スピカは感情の機微に敏感な少女であるから
俺の配慮を確認するとにっこりと微笑み、二杯目の紅茶を注ぎ始めた。

虚空にして無限の空間を彷徨いし、星々のひとつよ。
原初の芥にして生命の根源である貴様に命じる。
その軌道を変え、この天地を揺るがしたまえ！
メテオ・ストライク

contents

Dark lord of heroic rule

英雄支配のダークロード２

羽田遼亮

GA文庫

カバー・口絵　本文イラスト
マシマサキ

第一章
城壁の修復

Dark lord of heroic rule

†

カルディアスという世界がある。この宇宙に存在する多元世界のひとつとされるが、それを証明する手立ては少ない。この世界と異なる世界の遺物や人間が流れてくることはあったが、その逆はないからだ。

この世界の魔王《ダークロード》たちは、ニホンと呼ばれる島やユーラシアと呼ばれる大陸から英雄たちを召喚していたが、それは古代の秘技を使って行われているだけで、理屈や原理を理解しているわけではなかった。

召喚の儀式を行えば、異世界から英雄が現れる。そしてその英雄たちは〝力〟を持っている。二二の魔王たちが覇《は》を争う戦乱の大地において力こそがすべてであり、誰《だれ》しもが欲するものであった。ゆえに魔王たちはこぞって異世界の英雄を求めた。

とある魔王は異世界のフランスの英傑、ナポレオン・ボナパルトを召喚した。コルシカという小さな島の貧乏貴族から皇帝に上り詰めた英雄の中の英雄、奇想天外にして理想の戦術を駆使し、大軍を撃破した天才を配下に加えたのだ。

別の魔王はアーサー・ペンドラゴンという英雄王を召喚した。古代ブリテン島の伝説的な人物で勇敢なる一二人の騎士を従え、遠くローマの暴虐《ぼうぎゃく》な皇帝を討ち取った英傑を部下とした。

戦術や武芸ではなく、知略を求めた魔王もいた。「謀を帷幄《いあく》の中に巡らし、千里の外に勝利を決した」と評された謀略の将・張良《ちょうりょう》は、ただの飲んだくれの中年親父であった劉邦《りゅうほう》という名の男を皇帝にまで押し上げ、四〇〇年続く王朝を打ち立てた男だった。

それらの英雄はカルディアスで覇を競う魔王たちの強力無比な戦力となったが、それを有効に活かしていたと主張することはできないだろう。なぜならば彼らをSランクの英雄を支配した「魔王」たちは、それ以下のランクの英雄しか持たない「愚者の魔王」に敗北したのだから。

彼が支配する英雄は、皆、「負け組」であった。皆、B級以下の英雄であった。

愚者の魔王が最初に「支配」したのは明智光秀《あけちみつひで》という戦国時代の武将であった。明智惟任日向守《あけちこれとうひゅうがのかみ》。かの有名な織田信長《おだのぶなが》の家臣にして、その信長を裏切った逆臣。主《あるじ》である織田信長が天下を取るまであと一歩というところまで迫ったときに裏切り、彼の天下を阻んだ「裏切り者の代名詞」、有能ではあるが、油断のおけない人物として、当時から現代に至るまで、様々な評価を下されるが、どのように器の大きな王も彼に信を置くことはないだろう。しかし、愚者の魔王フールは彼を重用《ちょうよう》し、信頼し、自分よりも強い敵に打ち勝った。

その次にフールが召喚したのは、異世界のフランスの国の英雄だった。後に聖女と呼ばれるようになる一七歳の乙女、ジャンヌ・ダルク。当時、イングランドに侵略され、混迷を極めていたフランス。神の啓示を聞いた彼女は、劣勢であるシャルル七世の軍に加わり、敵陣に突撃する旗手となり、劣勢を覆《くつがえ》し、イングランドに痛撃を加えた。彼女は宗教を盲信し、魔王にも猛進する性的倒錯《とうさく》者であったが、フールは彼女のアプローチを巧みにかわしつつ、彼女のカリスマ性を大いに活用した。聖なる旗を掲げた彼女の部隊は、通常よりも五割ほど強力となる。フールはその特性を利用し、最適のタイミングで彼女を戦線に投入し、数多くの戦で勝利を重ねた。

ふたりの英雄を召喚支配して基盤を固めると、フールは反撃の狼煙《のろし》を上げる。一〇〇年の間、蹴伏《しふく》し、英気を養ったフールは、三人目の英雄・牛若丸《うしわかまる》こと源義経《みなもとのよしつね》を召喚する。鎌倉幕府を開いた征夷大将軍の御弟君《おんおとうとぎみ》、板東武者を率いて兄を助け、平家を滅亡させた若武者を召喚したのだ。断崖絶壁を馬で駆け下りる胆力《たんりょく》、『薄緑《うすみどり》』と呼ばれる太刀を振り回す武力、双方を兼ね備えた義経はまさしく無双の戦士であり、フール率いる愚者の軍隊の要となった。彼女（彼？）は八面六臂《はちめんろっぴ》の活躍をし、魔王の首級《しゅきゅう》をあげた。

途中、Fランク英雄であるが、優秀な内政家、二宮尊徳《にのみやそんとく》なども配下にし、国力と人材を充実させたフールは、周辺諸国を蹴《け》散らし、愚者と戦車の国、ふたつを支配する王となっていた。この数百年、微動だにすることがなかった国境線を一気に拡張したのである。

愚者の国の魔王はその名の通り愚か、その国力はカルディアス最弱と嘲り笑われていた過去が遠い昔のようであった。今、このカルディアス大陸において愚者の国に注目しないものなどいない。

愚者の国に生まれ落ちた最も賢き王、ダークロード・フールは、今、飛躍のときを迎えていた。

——と得々と語るのは俺《おれ》の忠実な軍師兼メイド長であるジャンヌであった。彼女はときに吟遊《ぎんゆう》詩人のように、ときには講談師のように、メリハリを付けて俺の事跡を語るが、やや誇張が含まれていることを指摘すると、彼女はずんと顔を近づけ言った。

「なにを言っているのです、フール様！」

顔が近いが、とてもいい香りがする。

「この数ヶ月でフール様が成し遂げた偉業はもはや叙事詩、いえ、伝説です」

「大げさな」

「言い間違えました。もはや〝神話〟です」

さらに顔が近づくが、唾も掛かるのでやめてほしい。指摘するとジャンヌは「失礼」と懐《ふところ》からハンカチを取り出し、俺の顔を拭いてくれる。「ああ、美しいお顔立ち……」と恍惚《こうこつ》の溜息《ためいき》を漏《も》らしながら。

「フール様、あなたが成し遂げたことはこのカルディアスの歴史に残るのですよ」

「まあ、教科書には載るだろうね。端っこくらいに」

事実、俺がやったことは偉業と言っていいだろう。少なくともこの数百年間、愚者の国は大陸最弱とあなどられてきた。その国力も兵力も財力も最小であった。そんな小国が三魔王の連合軍を打ち破り、そのうち一カ国を占拠、さらに隣国の大国の侵攻も払いのけたのだ。異世界の歴史でいえば俺がやったことは、かの織田信長の「桶狭間《おけはざま》の戦い」に相当する。そうつぶやくとその織田信長の旧臣も首肯《しゅこう》する。明智光秀は好々爺《こうこうや》のようにうなずく。

「残念ながら拙者《せっしゃ》は桶狭間に参戦しておりませんでしたが、フール殿の手際《てぎわ》は信長公を思い起こさせます」

実際に信長の手腕を見てきたものに褒められるのは嬉《うれ》しいことであった。俺は改革者、戦略家としての織田信長を高く評価していた。異世界の歴史を学び、かの信長公がもしも「生き延びていたら」と夢想したことは一度や二度ではない。尊敬すべき英雄と同一視されるのは光栄であった。

「そうです。フール様は異世界の桶狭間、ダビデ少年によるゴリアテ退治、三国志における赤壁《せきへき》の戦い、たったの三〇〇人で一〇万のペルシア軍を追い払ったスパルタのテルモピュライの戦いを成し遂げたのですわ」

「意外と博学だな」

「フール様の読んだ本の手垢を舐《な》めるのが趣味でして」

一応、冗談だろうが、本当の可能性もある。なにせ彼女は俺の踏んだ大地すら崇拝《すうはい》しているると評判の信奉者なのだ。ちなみに彼女は文字が読めないからメイドに読み聞かせてもらったようだ。

「ともかく、もっと胸をお張りください。あなた様はいまやカルディアスの大国の王。大国の王には威厳が必要です」

「まだまだ大国ではないさ。二カ国を有しているが、うち一国は山間の小さな国」

「ですが、フール様の改革によって農工業生産力はうなぎ登りです」

「ああ、小さな土地を最大限有効活用している。昔から棚田を作っていたが、二宮尊徳がさらに効率のよい田畑を作ってくれた」

一同の視線が尊徳少年に集まると、彼は恥ずかしそうに頭をかいた。この利発な少年は目立つことが好きではないようである。

「新領土である戦車の国の国土の経営も順調です」

ジャンヌは胸を張る。

「たしかにそうですな。治安も良好、住民の反抗もほぼなく、経済も回っております」

「それは俺の功績ではなく、前の主のおかげだな」

戦車の魔王ヴィエリオンはその名の通り武力一辺倒の男、内政は得意ではない。それどころか住民や奴隷に過酷な労働を課していたらしく、支配地の住民の評判はすこぶる悪かった。

「領内は相当荒れていましたね」

ジャンヌは首肯する。

「六公四民どころか八公二民の税率でした」

光秀は追随《ついずい》する。

「税率八〇％、まさしく人民は奴隷だな。しかもそれだけの税を取り立てても住民に対する還元はなし。社会保障もなければ、公的施設もない」

かろうじて警察制度はあったようだが、秘密警察の類《たぐ》いで反乱を起こそうとしている住民を見つけ、抹殺するための組織だったようだ。

「そんな過酷な統治を行っていれば諸手を挙げて新たな支配者を歓迎してくれるさ」

「ですね。しかし、税率四〇%というのは安すぎませんか?」

ジャンヌは問う。

「戦国時代は六公四民が基本でしたな」

とは光秀。

「優良な民政家として知られる北条氏康《ほうじょううじやす》は税率四〇%だったらしいな」

「はい。しかし魔王殿は違います。民から四割しか税金を徴収しない上、徴収した税金を民に還元しています」

「そのとおりですわ!」

ジャンヌは嬉しそうに相づちを打つ。部下のメイドに持ってこさせた資料を広げる。

「国民ひとりあたりの診療所の数、二二カ国中一位、国民ひとりあたりの孤児院の予算、二二カ国中一位、国民の処分所得も一位、国民ひとりあたりの学校の数も一位です」

「国民にとってポジティブな指数はすべて一位というわけですな」

「ああ、税金は魔王が贅沢《ぜいたく》をするために徴収しているわけではない。国を発展させ、民に還元するために存在するんだ。富の再配分だな」

「その再配分が有能なもの、お金持ちに偏っているのが『資本主義』、逆に無能や貧民に偏っているのが『社会主義』でしたっけ」

「そうだ。この世界も資本主義が基本だが、俺は社会主義的政策も行っている。有能ではないものでも暮らしやすい社会は、有能なものをより活躍させるからな」

社会主義が行きすぎれば『共産主義』と呼ばれるものになり、生産性を壊滅的に悪くさせる。そうなれば国は自然と貧しくなるからな。塩梅が大事だ」

と纏《まと》めると、会議の間の天井《てんじょう》をネズミが走る音が聞こえる。それに気が付いた白猫が脱兎の勢いで天井に登り、大運動会を始める。ジャンヌは「あらあら」光秀は「またか」と呆《あき》れる。

先ほども話したが、この愚者の国は国民ファーストの国、権力者が贅沢をする思想はない。愚者の城も質実剛健――いや、ボロボロの作りであり、至る所に穴が開いている。そこからネズミなどの害獣がやってきては悪さをすることがあるのだ。そこでネズミ捕り代わりに猫を飼い始めたのだ。白猫のララは俊敏で賢い猫だが、彼女一頭では限界もある。彼女が天井裏で活躍しているさなか、俺たちの真横を肥えたネズミが堂々と通り過ぎていく。ため息を漏らすが、これが新進気鋭のダークロードの懐事情であった。要は城を修復する金がなかった。

二カ国を有する中小国、愚者の国の幹部三人はそれぞれに板と釘を持って城を駆けずり回る。穴の開いている場所を補修するのだ。情けない姿であるが、ジャンヌも光秀も二宮尊徳も気にしない。

ジャンヌは、

「私はフール様のためならば人柱になる覚悟もあります。このような些末《さまつ》なこと、いくらでもしますわ。それに私は貧農の娘、大工仕事くらいできます」

と胸を張り、
明智光秀も、

「それがしも信長公に仕える前は長年、浪人をしていた。あばらやで妻と子と暮らしていたのだ。補修くらいなんでもない」

と笑顔を浮かべ、
二宮尊徳は、

「僕は質素倹約を旨としていますので。自著でもそれを勧めています」

と断言してくれた。

孝行な家臣を持ったものだ、と感慨にふけっていると、ひとり城の中庭で寝そべっている家臣を見つける。俺が抱える三人目の〝英雄〟である源義経だ。先ほどの会議にも出ずにこのようなところで油を売っていたようだ。俺は彼女（彼？）に勤勉さは求めていないが、家臣が一丸となって城を修復しようとしているときにこのような態度を取られると困る、と、さりげなく注意すると、彼女はきょとんとした。

「なんだ、魔王殿、なにを怒っているのだ？」

「怒ってはいない。呆れているだけだ。義経、なぜ君は城の修復を手伝わない？」

「なぜってそんなことは下人の仕事だろう？　我は畏《かしこ》くも朝廷から左衛門尉の位を授《さず》かったものぞ？　源氏の御曹司《おんぞうし》だぞ？」

「御曹司だからといって大工仕事をしてはいけない決まりはないだろう」

「そう言われればそうだが、義経は大工仕事など、したことがないのだ」

彼（彼女？）の手を見るが、たしかに白魚《しらうお》のように綺麗《きれい》であった。剣だこはあるが、家事労働の類いは一切《いっさい》したことがなさそうな手であった。

「まあ、戦力には換算しない。だからトンカチや釘を持てとは言わない。そうだな、その代わり板を作ってくれないか？」

「板？」

「そうだ。城の補修で使うからな。穴が開いた壁、あるいは壁を補修するために足場を作るときにも役立つ」

「なるほど、それならばできそうだ」

義経はゴブリンが運んできた巨大な丸太を前にすると背中から野太刀を抜き、一閃《いっせん》を加える。すると丸太は物の見事な板へと変わる。手にとって確かめるが、どれも寸分違わず同じ形をしていた。見事な技量である、と褒め称えると彼女（彼？）はこんなことで驚いてもらっては困ると言った。

「木を斬るなどそこらの農民にもできる。自分は武士、幼き頃より弓馬《きゅうば》の鍛錬《たんれん》を欠かしたことがない」

その証拠を見せる、と言わんばかりに巨人族の男が運んできた石の前に立つ。石を細工しようとしていた石工たちはなにが起こるのだ、と注目する。義経は彼らの期待に応《こた》えるため、野太刀を振り放った。すると石の間に綺麗な割れ目が入り、石は真っ二つになる。

「す、すげえ、石を剣で切った」
「俺たちが何時間も掛かる作業を一瞬で」
「ぜひ、俺たちの組に入ってほしい」

石工たちはざわめき、興奮するが、このような逸材、どこの組も放っておくわけがない。あらゆる組が彼女（彼？）をほしがり、収拾がつかなくなったので結局、毎朝、くじ引きで彼女を使用する組を決めることになった。

義経を引き当てた組は大幅に工期を短縮させたことは触れるまでもないが、Ｆランク英雄の二宮尊徳も大活躍する。彼は相模《さがみ》の国の小藩を立て直したこともある内政の第一人者、酒匂川《さかわがわ》という暴《あば》れ川の治水工事も行ったことのある土木工事の名人だった。

また明智光秀も城造りの名人であり、この手の補修作業は得意であった。先日の源頼朝《みなもとのよりとも》侵攻のおりに壊れた城壁も見事に修復してくれる。無論、俺も事細かに指示をするが、彼ら有能な家臣に任せておけば、万事問題がないように思われた。

そう思った俺は執務室に向かう。机の上にはうず高く書類が積まれていた。

「義経のシフト表に、重機代わりの巨人族のシフト表、ドワーフの酒樽の手配、それとオーク族の献立まで考えなければいけないとはな」

有力な土木種族の手配はもちろん、彼らに対する報酬もしっかりしなければいけない。有能な設計技師であるドワーフには金貨の他にも酒を与えなければいけないのだ。歩く酒樽と呼ばれるドワーフ族は酒が切れると仕事をボイコットする。ドワーフ族にとって酒は水であり、血であり、魂であった。またオーク族は豚の魔物なので、豚を使った料理を提供すると怒り狂う。ゆえに彼らには鶏肉と牛肉を与えなければいけなかった。

「異世界のムスリムのようだな」

と独り言を口にすると、コンコンとノックする音が聞こえる。

「ご主人様、入ってもよろしいでしょうか？」

控えめな声量にして控えめな物言い。鈴を転がしたかのように可憐でもあった。即座にその人物が誰であるか悟ったので、「どうぞ」と招き入れる。

銀色の髪を持つ少女は銀色のワゴンを引いて室内に入ってくる。ワゴンの上にはポットと菓子類が乗せられていた。

「それは？」

「紅茶にスコーンでございます」

「それは有《あ》り難《がた》いな」

「はい。エルフの森の蜂蜜と郊外の農場で作ったバターを添えてあります。それとわたくしめが作ったマーマレードのジャムも」

「スピカの作ったマーマレードジャムは絶品だ」

そのように褒め称えると、スピカと呼ばれた少女は頬《ほお》を赤くさせる。

「……そのようなことはありません」

「謙遜する必要はない。君はジャム作りの名人だ。それと気遣いにも長《た》けている」

実は俺は今朝《けさ》からなにも食べていない。城の補修工事の指図をしており、握り飯ひとつ食べる時間もなかったのだ。これは俺自身の悪癖であるが、一度、仕事に集中すると邪魔をされたくないので他のメイドたちが握り飯やサンドウィッチを寄越してもそれに口を付けることはなかった。大抵、側《そば》にいる魔物か、食いしん坊の義経に与えてしまうのが常であった。

ただ、ひとりだけ例外がいて、スピカだけは完全に俺の腹の減り具合と集中力の切れ目を見計らうことが出来《でき》る。またその日の俺の舌と胃袋の気持ちも完全に理解しており、最適の時間に最適の食事を用意してくれた。今、俺が欲しているのは「糖分」であった。朝からずっと頭脳労働をしており、脳が糖分を求めていたのだ。

「人間の消費カロリーの二割は脳だと言われており、脳に与えられる最良の栄養は糖分だと言われているしな」

スコーンにバターを少量、マーマレードをこれでもかと大量に付けるとそれを頬張《ほおば》り、紅茶で流し込む。俺の口はオークより遥かに小さいが、食べる速度は彼らより早い。早食いの習慣があるのだ。俺の座右の銘は時は金なり、なのである。

あっという間に一個平らげてしまうが、製作者に感謝の念は欠かさない。

「ありがとう、スピカ。脳に栄養を与えられた」

その言葉を聞いてスピカはくすくすと笑う。なにがおかしいのだろうか。

「ご主人様の物言いがおかしくて」

「事実を言ったまでだ。俺は食事を義務だとしか思っていない。体に栄養を与える儀式だ」

「他の魔王様もそうなのでしょうか？」

「いや、多分違う」

と断言する。

「王者にとって食事は特別な楽しみだ。以前、俺が貢ぎ物を送っていた魔王は新鮮で肥え太った鼠《ねずみ》を丸呑《まるの》みするのが大好きだった」

「まあ」

「俺自身、華美な美食は好まない。食べられさえすれば文句は——」

途中で言葉が止まったのは、スコーンの製作者に失礼だと思ったのだ。美食にこだわらない俺であるが、味音痴ではない。このスコーンの焼き加減が絶妙であることは知っていた。蜂蜜はエルフの乙女が採取した最上級のものであることも知っていたし、バターも最良の牛乳から作ったものであることも知っていた。このマーマレードのジャムも苦味が出ぬよう注意深く作ったことを熟知し、このスコーンは手間暇とたゆまぬ愛情が注《そそ》がれていることを理解していたのだ。それをゆめゆめおろそかにはできないと察した俺は早食いをやめ、ゆっくりと咀嚼《そしゃく》する。

スピカは感情の機微に敏感な少女であるから俺の配慮を確認するとにっこりと微笑《ほほえ》み、二杯目の紅茶を注ぎ始めた。

ちなみに彼女は紅茶を淹《い》れる名人であり、カップを温めてから注ぐ。茶葉は最良のものを選び、水は愚者の国の山奥から汲んだものを使う。紅茶に適した軟水を使うのだ。彼女の注ぐ赤褐色の液体は同質量の黄金よりも貴重なものに思えた。

「君は紅茶を淹れる名手だな」

「……名手だなんてそんな」

「いや、本当に君の淹れる紅茶は美味《うま》いよ。君が城に来てからやっと本物の紅茶を飲めるようになった」

「その前はお飲みにならなかったのですか？」

「以前、飲んでいたものは琥珀《こはく》色のドブ水だな。君の紅茶に比べたら」

「……そんな。言いすぎです」

「言いすぎなものか。君は茶葉を厳選しているだろう」

「はい。ご主人さまにお入れするものはピンセットで茶葉の粒を揃《そろ》えています」

「なんでそんなことを?」

「粒を揃えると香気と味にムラがなくなるんです」

「同じ大きさだと！　気の遠くなるような作業だな」

「ご主人さまのためですから、苦になりません」

一生懸命に茶葉を厳選するメイドさんの姿は微笑ましい。彼女の苦労に比べれば俺の政務など児戯《じぎ》にも等しいものなのかもしれない。そんな感想を心の中で漏らすが口にはせず、紅茶を飲み干す

――ゆっくりとした時間が流れる。


心地よくも憂《やすらぎ》に満ちた時間だ。

ここ数ヶ月、ろくに休暇を取ってこなかった身に染み渡る。このまま刻《とき》が止まればと思ったが、平穏は短かかった。三つ目のスコーンを半分食べ終えると、静寂は打ち破られた。

「大変です、大変です、フール様‼」

　ノックもせずに執務室に飛び込んできたのは我が軍の軍師様にしてメイド長であるジャンヌ・ダルク。部屋に入るなり彼女は喚《わめ》き立てる。

「戦車の国に謀叛《むほん》の動きありです！」

　きんきんと声を張り上げる。ジャンヌにとって謀叛は青天の霹靂《へきれき》のようだ。他人ごとのようにそう指摘すると彼女は、

「なにを呑気《のんき》にしているのです」

　と顔を近づけてくる。相変わらず唾が飛び散る。

「フール様、謀叛ですよ、謀叛、愚者の国の一大事です」

「確かに一大事だな。乙女が髪をかき乱して捲《まく》し立てるのだから」

　軽く皮肉を言うが、効果はないので、率直に言い放つ。

「慌てるような事態ではない。そもそも戦車の国で反乱が起こるのは想定済みだ」

「なんと！」

「戦車の国は修羅の国。戦士の国だ。地元の領主たちは気位が高く、俺の言うことは聞くまい」

「なんたる連中、この聖女ジャンヌ・ダルクが成敗《せいばい》します」

「君の忠誠心は買っているが、個人的な武力は当てにしていないよ」

「ならばどうするのです」

「そうだな。無論、討伐軍は派遣する。ただし、俺自身は出陣しない」

「この有能にして可憐なジャンヌにお任せくださるのですね」

「いや、おまえも派遣しない」

ジャンヌは「なんですと⁉」という表情をする。

「この戦乙女《いくさおとめ》の化身にして、戦場の女神であるジャンヌを城に留め置くというのですか？」

「まさか、ジャンヌの力は頼りにしているよ。しかし、君の才能は単独では活かせない」

「と言いますと？」

「反乱の鎮圧は明智光秀と義経に任せる」

明智光秀は織田信長のもと、近畿方面軍の司令官として活躍した。義経は源頼朝のもと、平家打倒の軍を率いていたのだ。両者、単独で軍を率いても問題がないほどに有能であった。

「愚者の城の城代はそうだな、二宮尊徳にでも任せようか」

「あのものは農民ですが？」

「たしかにそうだが、この愚者の城の防備は完璧《かんぺき》だ。今、この城を狙《ねら》う勢力はない」

「なるほど、では、ジャンヌはなにをすれば――は⁉」

途中で顔を真っ赤《まか》にさせ、もじもじとし始めたのは〝夜伽要員《よとぎ》〟にするつもりだと思ったようだ。俺は神の使徒であり、聖女である生娘《きむすめ》にそのような真似《まね》は絶対にしない。

「君は俺と一緒に旅をする」

「婚前旅行というやつですか？」

「残念ながら違う」

「ならなんなのです？」

「戦車の国でこれ以上反乱を起こさせないための旅さ」

そのように言い切ると、スピカが注いでくれた紅茶を飲み干した。

ジャンヌはその光景をきょとんと見つめ、スピカはにこやかに見守ってくれた。

†

「戦車の国で反乱が相次いでいるのは愚者の国が舐められているからだ」

戦車の国は戦士の国、武が貴《とうと》ばれる国であった。部族階級の集合体が戦車の国であり、彼らを納得させるには「力」が必要であった。

元々、愚者の国は戦車の国の従属国、戦争によって支配者が入れ替わったが、彼らの心が入れ替わったわけではない。先日まで風下にいた俺が支配者となれば、反抗したくなるのが人間心理、彼らを従わせるには死んだ戦車の魔王よりも強い武力が必要だった。

それを聞いたジャンヌ・ダルクは「なるほど！」とメイドたちに鶏のささみとブロッコリーを用意させる。どうやら俺を筋肉ムキムキにさせるつもりのようだ。力＝筋肉という安直な考えであったが、笑いはしない。俺の策も似たようなものだからだ。

「どのような策があるのですか？」

「俺の策は〝猛将〟を手に入れることだ」

「なんですと⁉」

という表情をするジャンヌ。

「愚者の国が舐められているのは、武力に長《た》けた武将が少ないからだ」

「たしかに我が国の猛将はひとりだけです」

明智光秀は有能な指揮官であるが、武の人ではない。ジャンヌ本人も非力《ひりき》な乙女であるし、二宮尊徳は言うに及ばず。愚者の国で猛将と呼べるのは源氏の御曹司である源義経だけであった。

「元来、我が国は武よりも文を重んじる癖《くせ》があった」

この百年、他国を欺《あざむ》きながら国力を蓄えてきた。その間、必要だったのは優秀な文官であり、能吏であった。

「つまり武官の数が圧倒的に足りていないんだ。それもひとりで戦局を打開できるような武官の数が」

「言われてみればたしかにその通りです。支配地域が広がり、兵士の数は増えましたが、それに比例するように領国も増えました」

「つまり守備に割く兵士の数も増えている。我が軍は中央集権的だが、ゆくゆくは城を任せられる猛将を確保しておきたい」

「そのものをスカウトする旅に出るのですね！」

「そういうことだ」

「だからこのジャンヌを夜伽要員、もとい旅のお供に」

「存外、君はカリスマ性があるからな。場合によっては交渉役になってもらう」

「おまかせあれ！　絶対に身は委《ゆだ》ねませんが、お色気要員にはなってみせます」

うっふん、と艶《つや》めかしいポーズをするが、自慢げなだけあってたしかに色っぽい。

そのようなやりとりをしていると老将明智光秀が纏《まと》める。

「それでは我々が戦車の国の反乱を鎮圧している間に、魔王殿とジャンヌ殿が猛将探しの旅に出るということでよろしいか？」

「それでいい。ちなみにスピカにも付いてきてもらう」

その言葉を聞いて一番驚いたのはスピカ本人だった。彼女は戸惑いながら言う。

「あ、あの、わたしには武力はもちろん、ジャンヌ様のようなカリスマ性もありませんが？」

「分かっている。しかし、君は紅茶を淹れる名人だ。それにスコーンも作れる」

「端女《はしため》ならば皆、できます」

「俺の口に合うのは君だけだよ」

お世辞ではなくそのように言ったが、彼女を連れて行く理由はそれであった。ジャンヌはメイド長をしているが、道中、身の回りの世話をするものが必要であった。ゴブリンやオークの従卒《じゅうそつ》を連れて行ってもいいが、俺はスピカにこの広い世界を知ってほしいと思っていた。彼女は元奴隷、この世界が広大なことを知らない。美しい土地や無限に広がる地平線を知らずに生きてきたのだ。できるだけ多くの経験をさせてやりたかった。——そのようなことを思いながら、さっそく旅の準備をさせた。魔王がひとりに聖女がひとり、元奴隷のメイドさんがひとり、奇妙なメンバーであったが、不思議としっくりとくる面子《メンツ》であった。

第二章 新たなる英雄探し

Dark lord of heroic rule

†

城を旅立ってから丸一日、目立たぬ格好で街道を歩いていると、ジャンヌは唐突に言った。

「猛将を探すと聞いていましたが、心当たりはあるのでしょうか？」

　至極当然な疑問であるが、軍師ならば旅立つ前に尋ねるべき事柄だろう。まあ、彼女に神算鬼謀《しんさんきぼう》の知恵は期待していないが。

「もちろんある。無為無策に歩くのは好きではないからな」

ウォーキングは身体にいいですよ、的外《まとはず》れなことを言うが、魔王は不健康な顔をしていたほうが貫禄が出ると冗談めかすと、目当ての英雄の名を挙げる。

「愚者の国の隣国、悪魔の国にはとある猛将が潜伏していると聞く」

「とある猛将？」

「そうだ。英雄は通常、召喚した魔王に逆らえない」

先日、太陽の国の魔王が召喚した英雄が反乱を起こしたが、あれは特殊な例だった。魔王が召喚した英雄は不思議とその魔王に従う習性がある。なぜならば召喚した魔王が死ねばその魔王から魔力の供給が絶たれ、身体《しんたい》が弱るからだ。また、生みの親ともいえる魔王に奇妙な親近感を覚える英雄も多い。よほど意が沿わない限り召喚した魔王に従うのが英雄の性《サガ》だった。

そんな中、悪魔の国に英雄が潜伏しているなど、ジャンヌには信じられぬようであった。

「わたしならばフール様と離ればなれになるなど考えられませんのに」

「しかしそうではない英雄もいるようだ。悪魔の国の魔王はライナッシュというのだが、あまり人望はないようだな」

「たしか先日の四魔王会戦で打ち破った魔王ですね」

「そうだ」

　四魔王会戦とはヴァルプギウスの夜に宣戦布告した三魔王が一斉に進行してきた戦である。俺《おれ》を含め、四人の魔王が一堂に会したから〝四〟魔王会戦と呼称される。俺はその戦で悪魔の魔王と星の魔王を撃退し、戦車の魔王を討ち取った。その余勢《よせい》を駆《か》って戦車の国を支配したわけであるが、悪魔の国と星の国は健在であった。一気呵成《いっきかせい》に三国を併合しなかったのは、その戦力がなかったからである。

「しかし、まあ、悪魔のダークロードは情けないですね。たしか会戦のときにアーサー王にも離反されていますよね」

「だな。アーサー王は英雄の王、悪魔のダークロードと相性が悪い」

悪魔の魔王はそのアルカナが示す通り悪魔そのものの性格をしている。清廉な王であるアーサー王との相性は最悪であった。本来、忠義心が厚いアーサー王でさえ、戦場で離脱してしまったのだ。

「つまり他にも召喚したけれど離脱した英雄がいるということですね」

「そういうことだ。明智光秀《あけちみつひで》に放たせた乱波《らっぱ》から仕入れた情報がある」

「ラッパ？」

ぷすーっとラッパを吹く真似《まね》をするジャンヌ。ちなみにトロンボーンと勘違いしている。

「そのラッパじゃない。戦国時代のスパイのことを乱波というんだ」

「紛らわしいですね」

「草といったりもするぞ」

ジャンヌは街道の脇《わき》にある草を眺めるが、スパイとどう結びつくのだろう、と悩んでいる。

「そのスパイからの報告によると悪魔の国にはもうひとり猛将にして義に厚い王が召喚されていたらしい」

「なんと、初耳です」

「俺も先日聞いて驚いたよ」

「ちなみにその王はなんというのです？」

「日本の越後という国の王だ。名を上杉謙信《うえすぎけんしん》という」

「エチゴですか、聞いたことがないですね」

「小さな国のさらに小さな地域だからな」

「そんな小国の王が役に立つのですか？」

「立つさ。なにせ彼は戦国最強の武将と呼ばれたのだから」

そのように断言すると、悪魔の国を目指し、歩みを早めた。

上杉謙信――――。
戦国最強の呼び名が高い義将。彼は日本の越後の国に生まれた武将であった。次男だったので幼くして寺に預けられたが、そこで「天室光育《てんしつこういく》」という僧侶に軍略の戦の作法を習った。そして病弱だった兄の代わりに家督《かとく》を継ぐと、越後の龍という異名を誇る天才的戦上手になったのである。どれくらいの戦上手かといえば、彼は越後の精兵を率いて、戦国の並み居る武将たちを圧倒した。まずは戦国屈指の武将、武田信玄《たけだしんげん》と互角以上に渡り合い、信玄をして「天才」と言わしめた。また越後の山を越え、何度も関東に出兵し、関東の覇者北条氏《ほうじょうし》を圧倒した。圧倒的に国力が上の北条氏を何度も打ち負かし、小田原城を包囲したこともあるのだ。さらに彼は戦国時代を体現する武将、織田信長《おだのぶなが》にも黒星を付けた。手取川《てとりがわ》のほとりで織田家随一の武将である柴田勝家《しばたかついえ》を散々に打ち負かし、「織田家もたいしたことはない」と言い放ったという。戦国の世に生まれた戦神の化身、関東甲信越の台風の目のような存在、それが上杉謙信という武将であった。

そのように説明するとメイドのスピカは「すごい」と目をぱちくりとさせた。ジャンヌも「なんかすごそう」と感心しているが、たしかにすごい男であった。一節には織田信長が天下を統一できたのは彼のお陰だったという説がある。

きょとんとするジャンヌ、合点《がてん》がいかないようだ。

「どうした。鳩が豆鉄砲を喰《く》らったような顔をして」

「いや、ジャンヌ、ニホンの戦国時代に詳しくはないのですが、織田信長と上杉謙信って接点ないですよね？　先ほどフール様が語った手取川の戦い以外関係ないような」

「たしかにそうだな。しかし、上杉謙信は戦国時代のキーマンだ」

「と言いますと？」

「戦国時代は関東と呼ばれる場所で始まった。ニホンの東の地方だ。そこで北条早雲《ほうじょうそううん》という男が伊豆で兵を起こし、巨大な勢力となった」

「伊豆ごいすー。たしか源頼朝《みなもとのよりとも》も伊豆で挙兵していますよね」

「そうだな。国力はたいしたことがないのだが、偉大な人物の創業の地になっていることが多い。室町時代後期、その知恵いずる地から関東に覇《は》を唱えたのが北条早雲だった。北条氏は公方《くぼう》と呼ばれる将軍に次ぐ地位のある関東の盟主と、その家宰であり、関東管領である上杉家を倒し、関東に覇を唱えた」

「す、すごいジャイアント・キリングですね。ご主人様みたい」

軍事に疎《うと》いスピカも賞賛する。

「ああ、実際、北条早雲は戦国時代の先駆け、下剋上の代名詞と呼ばれた。その息子である北条氏綱《ほうじょううじつな》は早雲の後を継いだ名将と評価され、その孫氏康《うじやす》は関東の覇者と呼ばれるまでになった」

「三代で関東の覇者ですか。一代で覇者となるフール様のほうがごいすーです」

ジャンヌは俺を持ち上げようとするが、長寿の魔王と人間を一緒にされても困る。

「まあ、その覇者を翻弄《ほんろう》したのが件《くだん》の上杉謙信だ。本来、戦国時代の勝者は北条氏になるはずであった。圧倒的生産力を誇る関東の地を押さえていたのだ。最初に戦国時代が到来し、軍事力も他の地方を圧倒していた。——しかし、そうはならなかった。なぜか分かるか？」

「見当もつきません」

スピカは首をぷるぷると振る。

「分かりません」

ジャンヌは両手を上げて「ほわい？」というポーズをする。

「答えは単純だ。その関東の覇者よりも強い男がいたからだ。公方や関東管領に与《くみ》する旧勢力は北条方に支配地を奪われ弱体化すると、越後の龍に救援を求めた」

「上杉謙信！」

「そうだ。当時、長尾景虎《ながおかげとら》を名乗っていた上杉謙信は、越後の山を越え、関東に出兵した。当時、上杉家は越後一国の支配者でしかなく、北条氏は関東数カ国を有する大国であった」

「さらに武力にも策謀にも長《た》けていた優秀な一族だったのでしょう」

「ああ、上杉謙信はその一族を力で粉砕した。旧勢力を統合し、格上の北条氏を圧倒した。敵地で連戦連勝をし、北条氏を本拠地の小田原まで押し込めた」

「すごい。それでそのまま北条氏を倒したんですか」

「いや、小田原城は戦国最強の城塞のひとつだ。包囲するまではできたが、結局、陥落はさせられなかった。終生のライバルである武田信玄が留守の越後を狙《ねら》ってきたり、色々と悪い条件が重なった」

「惜しいです」

「ああ、もしもあそこで上杉謙信が小田原城を攻略していれば、上杉幕府が誕生したことだろう」

　歴史に〝ｉｆ〟はないが、そのような妄想ができるほど上杉謙信は強かった。

「ぶっちゃけ、上杉謙信がいなければ北条氏が天下を取っていた。北条氏が関東を支配しつつあったとき、織田信長は尾張一国も支配できていなかった。上杉謙信が台風のように関東を荒らしていた間、織田信長が実力を蓄えられたのだ」

「歴史の妙ですね」

ジャンヌは感慨深げに言うが、上杉謙信がどれほどすごい武将か、理解できたようだ。

「数値化するのは苦手だが、もしもこの世界に〝武勇〟というステータスがあるのならば彼は間違いなく一〇〇だ。それに並ぶは三国志の呂布《りょふ》か、楚《そ》の項羽《こうう》か、あるいはスパルタのレオニダス王あたりだろうか」

「ぜひとも配下に加えたい名将ということですね」

「そうだ。少々、〝融通〟が利《き》かない性格をしているはずだが、彼を加えれば我が軍の勢力は勢いづくだろう」

「ですね。それでその上杉謙信とやらはどこにいるのでしょうか？」

「悪魔の国で独自の勢力を築いているらしい」

「ほうほう」

「悪魔のダークロードは残虐な男だ。〝義〟を重んじる上杉謙信と合うわけがない。彼は速攻で出奔《しゅっぽん》して、悪魔の国の山中で反乱軍を組織したらしい」

「なんと、召喚支配を早々に逃れるなんて相当に意志が固い証拠ですよ」

「そういうことだ。上杉謙信は悪魔の国の山中で反乱軍を組織し、悪魔のダークロードに対抗している。義の旗を掲げ、悪魔の国にいる虐《しいた》げられている人々を守っているのだ」

「まさしく義将ですね」

「義理堅い武将だ」

「ということは我々はその山に向かうのでしょうか？」

スピカが控えめに尋ねてくる。

「そういうことになるな」

と指をさすとその前方には山脈が広がっていた。山深い地だ。それを見て絶句するスピカ。

「……愚者の国も山国ですが、この国の山はまた違っています」

「だな。険峻《けんしゅん》な上に入り組んでいる。だからこそ上杉謙信は籠もってゲリラ戦を展開できているのだろうが」

「ですね。しかし、この山脈から上杉謙信の根城を探し出すと思うと吐息が漏《も》れます」

「ああ、ゲリラ戦を展開しているということは本拠地を次々に変えているということだ」

「一カ所に留まっていたら悪魔のダークロードに包囲されてしまいますからね」

「そうだ。だからまずは上杉謙信の居場所を探るところから始めようと思う」

「分かりました」

ジャンヌは鼻息荒く、山に向かおうとするが、俺は彼女の肩をぐいっと摑《つか》む。

「フール様、どうかされましたか？　――は⁉　もしや性欲を持て余しているのですか？」

ならば野外プレイから放置プレイ、なんでもＯＫです、と頰《ほお》を染めるが、そんなつもりは毛頭ない。俺は感じた不穏を言語化する。

「ここまではすんなりこれたが、どうやらやっと敵と遭遇《エンカウント》したようだ」


「敵⁉」

「はわわ⁉」


ジャンヌとスピカはそれぞれの表情で危機感をあらわにする。彼女たちの視線の先には悪魔の国の兵士と思われる集団がいた。

「どうやら敵兵と遭遇してしまったようだ」

街道の前方にいるのは黒衣の兵士たちであった。皆、悪魔の国の紋章を付けている。

「サタンの紋章……、悪魔崇拝者どもめ」

ジャンヌが親の敵《かたき》のように憎むのは彼女が盲目的なキリスト教徒だからだろう。クリスチャンにとって悪魔は不倶戴天《ふぐたいてん》の敵なのである。ジャンヌは鋼鉄の旗で今にも殴りかからんばかりに興奮しているが、鎮める。幸いとまだ兵士たちはこちらの存在に気が付いていないようだからだ。

「悪魔の国の兵士たちは不倶戴天の敵だが、今、ここで争うべきではない。今現在の我らの目標は悪魔の国の殲滅《せんめつ》ではなく、それに対抗している上杉謙信との面会なのだから」

「……ですね」

ジャンヌは下唇を噛《か》みしめるが、スピカは震える手で兵士を指さす。

「……ですが、ご主人様、彼らは〝人〟ではありません。悪魔です」

温厚なスピカが震える声で主張したのは悪魔の兵士たちが〝生首〟を持っていたからだ。街道の先から煙りも見える。

「どうやらやつらは上杉謙信に味方する村々を焼き払っているようだな……」

上杉謙信は悪魔のダークロードに逆らう反乱者、反乱者の供給先は地方の農村の民が多かった。悪魔の王に虐げられ、搾取されている農民だ。彼らが有形無形《ゆうけいむけい》の協力をし、反乱軍に人材や兵糧《ひょうろう》を提供しているのだ。山に籠もってゲリラ戦をする支援をしているのである。悪魔の王はその支援元を絶っているだけに過ぎない。――しかし、悪魔の兵士たちが手に持っている首には女子供老人も含まれていた。非戦闘要員も容赦なく殺しているようだ。また妙齢の女性たちは首に鎖をはめられて連行されていた。性奴《せいど》として使用するか、売り払う算段なのだろう。まさしく悪魔の所業だ。ジャンヌは烈火のごとく怒り、スピカは瞳に悲しみをたたえる。

「畜生にも劣る連中だ。あのような所業こそが反乱の土壌であり、反乱軍を勢いづかせるというのに」

負の連鎖である。悪魔のダークロードが非道を行うから民は反乱軍を支持し、反乱軍が勢いづくから民衆を虐殺する。終わりのない復讐が復讐を呼ぶのだ。そのように悪魔のダークロードの愚行を非難するが、今、俺にはふたつの選択肢がある。

ひとつはこのまま街道脇に隠れ、彼らをやり過ごす選択肢。この選択肢のメリットは余計な戦闘をせず悪魔の国に俺の存在を知られずに済むということだ。上杉謙信への接触を知られれば悪魔のダークロードは警戒するだろうし、討伐軍を寄越すだろう。そうなれば色々と面倒くさい。

ふたつ目の選択肢はこのままこの道を突き進み、彼らと交戦する選択肢だ。デメリットは前述の通り、メリットは俺の溜飲《りゅういん》が下がること、ジャンヌとスピカが喜ぶことであった。

俺は誰《だれ》もが幸せになる選択肢を選んだ。

ジャンヌにスピカの護衛を命じさせ、街道脇の茂みに身を潜めさせるとそのまま街道をまっすぐ歩いた。交戦する道を選んだのだ。街道をまっすぐ歩くと、彼らと接近する。

街道の先からぽつんとひとり歩いてくる俺を見て、村娘たちを弄《もてあそ》んでいる悪魔どもは声を上げた。

「なんだ、貴様、なにを物欲しそうな目をしている」

「ほう、俺がそんな目をしているように見えるのか?」

「そうだ。俺たちの戦利品をジロジロと見やがって。この村娘どもは俺たちのものだ。あとでたっぷり可愛《かわい》がった上で奴隷商人に売り払う」

「おまえたちに人の心はないのか?」

「我々に人の心だと?」

その言葉を聞いた悪魔の国の兵士たちはどっと笑う。

「我らは魔族ぞ。選ばれしものだ。人間の村人をどう扱おうが自由だ。これは我らの正当な権利、悪魔のダークロード様にも許可は頂いている」

「なるほど、畜生には畜生の論理があるようだ」

その言葉に悪魔の兵士たちはいきり立つ。

「貴様、殺されたいのか」

「いいや、俺は生きたいね。そしておまえたちが通ってきた道を通りたいと思っている。おまえたちが奴隷を解放し、今までの行いを改心すれば、腕の一、二本で許してやってもいい」

「てめえ、ぶち殺されなければ分からないようだな」

悪魔の兵士たちは皆、剣や槍を構える。戦闘態勢に入った。俺は気にせず歩み始める。この道を通る、奴隷たちを解放する、ふたつの言葉を有言実行するために。悪魔の国の兵士たちはそれを遮《さえぎ》ろうとするが、ひとりの兵士が切り掛かってきた瞬間、そいつの首が宙に舞う。

懐《ふところ》から取り出したアゾットの短剣によって胴体から首をすっ飛ばしてやったのだ。

「な、なんだ、今の一撃は」

「速すぎて線しか見えなかったぞ」

「そんな小枝みたいな短剣で首を跳ね飛ばすなんて」

悪魔の兵士たちは驚愕《きょうがく》の表情を浮かべるが、彼らは愚かものだ。この後に及んでも力量差を把握していないのだから。

「今のはなんかの間違いだ。びびることはないぞ。こっちは三〇人もいるんだからな」

「そうだ。我らは悪魔の国のエリート部隊だ。選ばれしもの。たかが短剣しか持たない冒険者風情に負けるわけがない」

そのような論法のもと、今度は左右からふたりの兵士が襲いかかってくるが、ひとりは胴体を真横に、もうひとりは縦に真っ二つに切り裂かれ。青い血と緑の血の返り血を浴び、臓腑《ぞうふ》が周囲に飛び散る。顔にこびり付いた血を拭《ぬぐ》うと、

「悪党にはやはり赤い血が流れていないようだな」

と至極当然の台詞《せりふ》を口にした。その台詞に恐怖を覚える悪魔の国の兵士たち、しかしそれでもまだ二七名の兵士が残っていた。左右同時が駄目ならば左右前後同時にと俺を取り囲む。

「芸がない連中だな」

「う、うるせえ！　俺たちがおまえなんかに負けるはずがないんだよ」

「嚙ませ犬的な台詞だな」

事実を伝えると、周囲に魔力を発生させ、風の刃《やいば》を作り出す。俺に襲いかかる兵士たちはそれによってズタズタに切り裂かれる。

「こ、こいつ、魔術師でもあるのか⁉」

「どちらかというとそっちが本業かな。少なくとも戦士ではない」

そのように戯《おど》けると悪魔の兵士たちを次々と切り裂いていく。魔法の刃でも物理の刃でも。ちなみに俺の持つアゾットの短剣は魔力を込めることによって性質が変わる。今は《痛》の魔力を込めている。《斬》や《打》ではなく、《痛》にしたのは外道であるやつらに苦しんで死んでもらいたかったからだ。だからわざと急所を外し、悶《もだ》え苦しむように死んでもらいたかった。それが人の尊厳を踏みにじったものの末路、悪党にふさわしい結末だと思ったのだ。一五人ほど惨殺すると悪魔の国の兵士たちは恐怖に染まる。


「や、やべえ、こいつには勝てない」

「し、死にたくねえよ」

「俺たちは魔王様に言われたことを実行しただけなんだ」

悪党らしいどうしようもない命乞いを始めるが、こいつらは村人に慈悲をかけたのだろうか？　虚《うつ》ろな目をしている村娘たちになにをしたか忘れたのだろうか？　彼らには交渉の権利など残されていなかった。戦意を失った兵士を順番に始末していくが、数人、取り逃したことにも気が付く。

「ちっ」

と舌打ちする。もとより全員殺せるとは思っていなかった。ここで戦闘を行えば必ず数人は取り逃し、俺が悪魔の国に潜入したことがばれると覚悟していた。しかし、全員に苦痛を与えられなかったことは魔王として忸怩《じくじ》たるものがあった。

俺が吐息を漏らすと、ジャンヌが現れ、「獅子は兎を倒すのにも全力を尽くすとはこのことですね」と俺の気持ちを忖度《そんたく》してくれた。スピカは残虐な光景に目を背《そむ》けるが、それでも俺の気持ちを理解してくれたようだ。村娘たちの身体と心のケアを始める。俺はジャンヌにもそれを手伝わせると、自分の中の残虐性を抑制することに努めた。愚者の魔王が先ほどのように魔族を殺すのは当たり前であり、当然であったが、ダークロード・フールは違うはずだと思い込みたかったのだ。かつて大聖女と出逢ったフールは残虐な魔王ではなかったはずだ。かつて愛した聖女ならば今の俺を見れば落胆するはずであった。それだけは避けたかった。俺は誰よりも優しく、強い魔王になると大聖女に誓ったが、今の俺は彼女の理想からほど遠かった。

いつの間にか落ちていた日に向かって語りかける。

「ルシア――、俺は君に――」

その先の言葉は夜のとばりにかき消されるしかなかった。

†

悪魔の国の兵士の集団を駆逐《くちく》し、拐《かどわ》かされた村娘たちを助けた俺たち。彼女たちに上杉謙信の居場所を尋ねる。上杉謙信を陰で助力していた彼女たちならば居場所を知っているかと思ったが、皆、首を横に振った。支援者である村人でも上杉謙信の詳細な居場所は知らないようだ。

「まあ、そりゃそうか。上杉謙信は寡兵。居場所を知られた瞬間、悪魔の魔王に討伐されます」

ジャンヌはあっけらかんと言った。

「そういうことだな。しかしそうなると彼と接触するのは難しいな」

「ですね。どうしましょうか」

ジャンヌと共に悩んでいると、村娘のひとりがおそるおそる話しかけてきた。

「あ、あの、魔王様、恐れ入ります」

本当に恐れながらびくびくと話しかけてくる。彼女は普通の人間の娘だし仕方ない面はあるが。だからできるだけ温厚な表情を作りながら応じた。

「恐れ入らなくていいさ。なにか話があるのか？」

「……は、はい」

それでも緊張が緩和されない村娘、話しやすいように場所を移動することにした。血なまぐさい戦場を離れ、街道脇にある小川に向かう。そこでキャンプを設営すると少女に温かい紅茶を差し出す。身体を温《ぬく》めれば気持ちも温かくなると思ったのだ。スピカは小川から水を汲むと村娘に紅茶を注《そそ》ぐ。ミルクと砂糖をたっぷり入れたロイヤルミルクティーだ。かぐわしい紅茶に口を付けた村娘は顔をほころばせる。

「こんなに美味《おいし》い紅茶は飲んだことがありません」

恥ずかしがるスピカの代わりに俺が説明する。

「スピカは紅茶を淹《い》れる名人だ。彼女の淹れるロイヤルミルクティーは王者の風格が漂っている」

「……言いすぎです」

「そんなことあるものか。最良の水を探し出し、最高の茶葉を最適の蒸し時間で淹れる技術は天性のものだ」

スピカは頑《かたく》なに謙遜するが、彼女の紅茶が村娘の心を解きほぐしてくれたのはたしかなようで、こわばっていた彼女の口から、貴重な情報を引き出すことに成功した。彼女はロイヤルミルクティーを飲み干すと、上杉謙信の嗜好品について語る。

「上杉謙信さまは無類のお酒好きなのです。ご飯は食べなくてもお酒は飲まなければ気が済まない方なんです」

「そうか、上杉謙信は酒好きだったな」

「謙信さまはお酒が好きなのですか?」

スピカは純粋な瞳《ひとみ》で尋ねてくる。

「ああ、そうだ。史実によれば大変な大酒呑《ざけの》みだったそうな」

「酔っ払いですか」

敬虔《けいけん》なクリスチャンであるジャンヌは眉《まゆ》をひそめる。

「酒を飲むのは犯罪じゃない。聖書には酒を飲んじゃいけないと書いてないだろう」

「でも七つの大罪に大食と強欲があります。酒はそれらに通じる」

「酒飲みが全員ろくでなしのわけじゃないさ。上杉謙信はむしろ小食だ」

「そうなのですか?」

「ああ、普段は農民のように質素な食事をしていると歴史書に書かれている。ただし、いくさの前は大食らいになるとか」

「なんと」

「いくさでは体力を使うから食いだめをしていたそうだよ。いくさの前に家臣には腹一杯食わせるが、自身は美食に溺れなかったそうな。酒を飲むときも味噌と塩で肴《さかな》は満足していたとある」

「質素なんですね」

「ああ、まあ、高血圧になるメニューではあるが。ゆえに死因は酒の飲みすぎであった、と言われているな」

酒は百薬の長だが、毒でもあるというい証拠であるが、今は酒の害悪について語る場ではない。今、やるべきはその酒を使って上杉謙信と接触を図ることであった。

「酒を使って接触ですか。飲みニケーションってやつですかね」

中世フランスの娘のくせに妙な言葉を知っているが、その通りだ。人は酒を酌み交わせば分かり合えるもの。まずは彼と杯を交わしたかった。

「そのためには彼に酒を提供しないとな。娘、上杉謙信に提供していたのは米から作られる酒ではなかったか？」

「はい、そうです。山間の棚田で取れるお米をどぶろくにいたしました」

「どぶろく？」

ほえ、という顔をするジャンヌ。

「どぶろくとは米から作る濁り酒のことだ」

「なるほど。ドブのような匂《にお》いがする酒かと思いました」

「清酒とは違った味わいがある。俺はそちらのほうが好きだったりするが」

そのように纏《まと》めると、俺は酒を接点に上杉謙信との接触を図る。食料よりも酒を重視する上杉謙信。山の中でゲリラ活動をしていればどぶろくを造る時間もあるまい。つまり必ず近隣の村にどぶろくを補給に来る瞬間がある、ということだ。そのときに接触を図るのが最善手のような気がした。というわけで俺たちは保護した村娘たちをもとの村に戻すことにする。ひとりひとり彼女たちを村々に送り届けながら、それぞれの村を観察する。どぶろくの醸造所の有無を確認したのだ。この国で米を作付けしている地域は希少だ。ましてや米から酒を造る村は限られている。三つほどそれを確認すると、俺は彼女たちの村の村長に頼み込み、そのうちふたつを閉鎖してもらった。さすれば必然的に残されたひとつに上杉謙信が現れると思ったのだ。その勘は当たっており、一週間後、怪しげなローブを頭からすっぽりかぶった連中が、どぶろくの醸造所にやってきた。

醸造所の陰から彼らの行動を見守るは俺とジャンヌとスピカ。俺はともかく、ジャンヌとスピカはスパイではない善良な娘だが、物陰から顔だけ出すという怪しげな姿勢で凝視している。しかし、フードの男たちはこちらの存在に気が付いていないようだ。これ幸いとそのまま彼らの行動を凝視すると、彼らは頭を下げ、酒を受け取る。僅《わず》かばかりの代金も渡しているようだ。

「このままあいつらの後を追うが、君らにスパイの才能がないのは分かった」

「そんなことありません。ジャンヌは有能女スパイです」

うっふーん、と腰をくねらせ、女豹《めひょう》のポーズもするが、潜入させた途端、捕まるのではないかと思えるほど怪しい。

「わ、わたしも自信はありませんが、敵に捕まっても絶対に情報は漏らしません。お裁縫で口を縫い付けます」

スピカは必死に抗弁する。

「たしかにその通りだろう。付いてくるなといっても付いてくるので止めはしないが、君たちには《透明化《インビジブル》》の魔法を付与しておく」

「透明化⁉」

「ああ、魔力を持たないものは君らを知覚できなくなるはずだ」

「超便利です。男なら女湯覗《のぞ》き放題ですね」

「そんな使い道は考えもしなかったが、ひとつだけ注意事項がある」

「フール様のお風呂《ふろ》は覗きません」

「魔力があるものには無効と言っただろう。だから俺にはくっきり見える。それだけでなく激しい動きをすれば魔法が解除されるから気をつけろ」

「激しい動き？　例えば騎乗位とかですか？」

　ジャンヌは目をらんらんと輝かせて尋ねてくるが、たしかにそれくらいの運動が魔法解除の条件であったので「そうだ」と肯定する。面倒であったたし。しかし、そのやりとりによって純粋なスピカが「騎乗位」という言葉を知ってしまった。フードの集団の後を付けている途中、彼女はことあるごとに「騎乗位」ってなんですか？　と無垢《むく》な瞳で尋ねてきた。ジャンヌは懇切丁寧に説明しようとするが、俺はそのたび、彼女の頭をげんこつでぐりぐりとした。

　そのようなやりとりをしながらもフードの集団の後を付けると、彼らは山奥に入っていく。やはり彼らはこの山を根城《ねじろ》にする上杉謙信の一派と見ていいだろう。このまま彼らの後を付ければ主のところに向かってくれるはずだが、道中、異変に気が付く。

「……先ほどから同じところをぐるぐると回っているな」

「そうでしょうか？　ジャンヌは気が付きませんが」

「わたしもです」

「俺は山道に慣れていてね。身体の中に方位磁石がある」

「さすまおです」

「その俺が言うのだから間違いない」

「つまりやつらは迷子と言うことですね」

　ジャンヌはとんちんかんなことを言うが、そのような間抜けな話ではない。どちらかといえば間抜けなのはこちらのほうであった。

　フードの集団はくるりとこちらを向くと、その集団の長と思わしき小柄な男はにやりと微笑んだ。

「いつから尾行されているとばれたのかな」

「わ、わたしのせいでしょうか」

　スピカは己《おのれ》のふがいなさをなじるが違った。小柄な男は得々と語る。

「君たちの《透明化》は完璧《かんぺき》だった。我らの中でその透明化を見破るものはいないだろう。しかし、我らには叡智《えいち》がある」

その声は流麗で涼やかで女性の声に思えたが、声変わりする前の少年のようにも思えた。事実、彼は少年のようでローブのフードを取ると利発そうな少年が陽光に晒《さら》される。少年は俺たちの周囲の木を指さす。そこには紙で出来た札が貼《は》られていた。

「この文字は日本語だな――祝詞《のりと》か呪詛《じゅそ》、いや、陰陽道《おんみょうどう》か」

「博識だな。その通り。我が軍に仕えている陰陽師に結界を張らせた。この空間ではどのような魔術師も魔力を減衰させる」

「つまり俺は短剣しか持たないひよっこということか」

「そうなるな。そちらの娘たちも武力があるように見えない。投降を勧める」

「いいだろう。おとなしくお縄に着く」

その言葉に驚愕の表情を浮かべたのはジャンヌだった。彼女は「なんですとー!」という表情と台詞を発する。

「万能にして天才、常勝無敗のフール様が投降するというのですか⁉」

「万能にして天才かは別にして、俺がいくさで負けないのは勝ついくさしかしないからだ」

「ぐぬぬ。しかし、このジャンヌは緊縛《きんばく》は好きですが、フール様の情けない姿は見たくないです」

「生きて虜囚《りょしゅう》の辱《はずかし》めは受けないか。そういう考え方もあるが、俺たちの目的は上杉謙信に会うことだ。対等の立場で会えればそれに越したことはないが、虜囚として面会をするのも悪手《あくしゅ》ではない。とにもかくにも会わなければ話にならないからだ」

「それはそうですが」

それでも食い下がろうとするジャンヌにスピカが説得を始める。

「ジャンヌ様、ここはご主人様にお任せしましょう。謙信さまは義を重んじる武将と聞きます。我々に酷《ひど》いことはしないかと」

「ぐぬぬ……」

「それにご主人様は深慮遠謀《しんりょえんぼう》の持ち主です。今まで一度たりともご主人様の選択肢が間違っていたことがありますか？」

「あるわけないでしょう！　分かってるわよ、そんなこと」

ジャンヌは軽く語気を荒くすると、その場に座り込み、「煮るなり焼くなり亀甲縛りにするなり好きになさい」と少年に言い放った。

少年は賢い選択肢です、と賞賛すると、部下たちに命じて俺たちを縛り上げる。当然、その縄にも陰陽道の秘術が施されていた。これをされている限り俺は魔法を使用することはできないだろう。ちなみに馬鹿力《ばかぢから》があるという設定もないので筋肉を肥大化させて縄を破る手法も使えない。つまり今の俺の命は目の前の少年の手のひらにあるわけだ。生殺与奪《せいさつよだつ》の権を持つものの名前くらい知っておきたかったので彼の名を尋ねる。涼やかな少年は、「僕ですか？」と己を指さすと、自然体で名乗りを上げた。

「僕の名前は直江山城守兼続《なおえやましろのかみかねつぐ》、謙信公の小姓《こしょう》にして軍師を務めさせていただいております」

礼儀正しく頭を下げる直江兼続《なおえかねつぐ》。なるほど、ただものではないと思ったが、このものは上杉家にそのひとありと謳《うた》われた才人直江兼続だったようだ。彼は上杉謙信に小姓として仕え、その後継者である上杉景勝《かげかつ》の軍師を務めた。かの豊臣秀吉から「東国一の知恵もの」と賞され、徳川家康に果敢と立ち向かった武将としても知られる。

「君がかの有名な直江兼続か、少年の姿で召喚されていたのだな。噂に違《たが》わぬ美童だ」

「ありがとうございます。この世界に召喚される英雄に法則はあるのでしょうか」

「さてね。召喚する側だが、それは知らない」

「まあ、少年として召喚されたのでまた謙信公の小姓ができるのは幸いです」

「ちなみに上杉景勝殿は召喚されているのかな？」

「景勝公はされておりません。もしもされていれば心強い仲間になってくれたのでしょうが」

何気ない会話をしながら、俺たちは山の中に入っていく。今度は同じところをぐるぐると回ることなく、まっすぐ謙信公の根城に向かった。

悪魔の国にある険しい山脈、その一角の隠し砦《とりで》に上杉謙信は滞在していた。直江兼続に案内されること丸二日、鬱蒼《うっそう》とした茂みをかき分けると、開けた場所に出る。

「へえ、こんなところに立派な砦が」

ジャンヌの疑問に直江兼続が答える。

「我々が建築したものではありません。この地には古代魔法文明が栄えていたようで、その遺跡を利用したんです」

「居抜き砦というやつだな」

「いぬき？」

「前の建物をそのまま利用することだよ。居酒屋やレストランがよくやるな」

「なるほど」

「ここも古代魔法文明時代の砦だったのでしょう。ほぼそのままの形で使っています」

直江兼続は説明する。

「ただ、さすがに城壁は崩れ去っているので見た目より防御力はありませんが」

「それでもかなりの兵を防げるはずだ。大軍でも打ち払えるだろう」

「ええ、その計算です。先日、あなた方が抗戦した部隊程度ならば一蹴《いっしゅう》です」

「――件の戦闘まで耳に入っているとはな」

「軍師の務めは情報収集ですから。麓《ふもと》の村々で拐かされた村娘を救った冒険者――いえ、魔王がいるという情報は把握しています」

「俺が魔王であることも見抜いているのか」

「悪魔の国の小隊を蹴《け》散らすなど誰にもできることではありません。それに見た瞬間、確信しましたよ。この人はただものではない、と」

「ふふふ、フール様のオーラは隠し通せないということですね」

ジャンヌは上機嫌に鼻を鳴らす。

「まあ、今さら隠し立てするつもりはない。俺は愚者の国のダークロード、魔王フールだ」

「あなたが愚者の国の。お噂はかねがね」

「フール様は貧乏人じゃありません！　金はあるけど吝嗇《ケチ》なだけです」

ジャンヌは憤慨するが、それは褒め言葉なのだろうか？　スピカも同じことを思ったようで苦笑している。

「かねがねというのは、金がねえ、じゃない。かねがねというのは、『前もって』とか『以前から』という意味の言葉だ」

「ならば最初からそういってください」

ぷんすかとジャンヌは怒るが、こじれるので無視をすると直江兼続に尋ねる。

「噂を聞いているということは俺がこの大陸で最も愚かということを知っているということで

いいかな」

「はい。あなたは愚かものです」

直江兼続が断言するとジャンヌが憤怒したのでスピカに押さえさせ、次の言葉を待つ。

「――あなたはこの大陸で一番小さな勢力であるにもかかわらず大陸統一に乗り出しました。武力によってこの世界を統一し、世界に平和をもたらそうとしている誇大妄想家です」

「つまり風車を化け物だと信じ込んで突撃するドンキホーテだと思われているのかな」

「はい、そうです」

「ならば間違いない。俺がやろうとしていることは誇大妄想だよ。なにせこのカルディアスを統一した魔王など存在しない」

「かつて何人も挑みましたが、皆、非業《ひごう》の死を遂げています」

「そうだ」

「だから我々上杉家もそのような妄想は抱きません。ですがせめて自分たちの目の届く範囲、それと大陸の片隅でもいいので〝義〟と〝和〟に満ちた理想郷を打ち立てようとしているのです」

「君たちのほうが合理的だな」

「はい」

「しかし、それは君の考えだろう？　君の主《あるじ》はどうだ？」

「…………」

直江兼続は沈黙する。

「やはり違うようだな」

そのように纏めるとスピカが不思議そうな瞳で尋ねてきた。

「どういうことでしょうか？」

「そのままの意味だよ。上杉謙信は〝義〟を重んじる武将だ。自らの私欲のために戦争は行わないが、義があると思えばどこにでも飛んでいく」

そこで言葉を句切ると続ける。

「関東の争いに参加したのも義のためだ。争いが続く関東を平定し、秩序を取り戻すために戦った。守旧派が助けてくれと願い出てきたから出陣したんだ。他の争いもそうだ。有名な川中島の争いも北信濃の豪族に助けを請われたから出陣したまで」

「お詳しいですな。この世界の魔王には珍しい」

「歴史オタなものでね」

自嘲気味に笑う。

「上杉謙信という男は戦国の世には珍しく〝義〟に生きた男だったんだよ。室町幕府の権威を復活させるために奔走《ほんそう》し、利ではなく、義こそが尊いものだと知っていた。だから越後一国の主にもかかわらず関東全体に武威を轟《とどろ》かせる英雄になることができたんだ。謙信公が書物通りの性格だとすれば、採算度外視でこのカルディアス全体に義をもたらそうとするはず」

「――御館様《おやかたさま》の御気性《ごきしょう》をよくご存じで」

直江兼続はそのように言い放つと、「ただ、ひとつだけ間違っていることがあります」と付け加えた。その瞳には殺意が宿っているようにも見えた。

「御館様は〝男〟ではありません。〝女〟です」

そのように言い放つと、砦の中心で日本刀を振るっている少女を指さす。白銀の鎧《よろい》を纏った黒髪の少女は、素振り稽古をしていた。まばゆいばかりの汗を振り放っている。

「な、ま、まさか」

珍しく動じる俺、〝あの〟上杉謙信が女性、しかもあのような美少女だとは夢にも思わなかったのだ。

思わず直江兼続と上杉謙信を交互に見てしまうが、兼続は冷静に、

「御館様は生まれたときから〝女〟にございます。あの姿は御館様が最も可憐で精力に満ちていた時期の姿です。――もっとも亡くなる四八のときまであの可憐さを保ち続けていましたが」

「謙信公は女性説があったが、まさか本当だったとはな」

上杉謙信は生涯、子を成さなかった。女人に触れさえしなかったという。また、月に一度館の奥に籠もっていたという。つまり月のものがあったという説があるのだ。

「俗説を通り越して妄説だと思っていたが……」

事実は奇なり、と感慨深げに謙信公を見つめていると、彼女と視線が交差する。彼女は物珍しげな瞳で俺を見つめるが、間に入るように直江兼続が入る。

「やはり英雄と英雄は惹《ひ》かれ合うもの。これ以上、あなたと御館様を近づけるわけにはいかない」

そのように断言すると、直江兼続は部下に命じ、俺たちを地下牢に連れて行った。枷《かせ》は外してくれないが、相応の礼節を持って尽くしてくれた。乱暴な対応はされず、石牢ではあるが寝具なども用意されている。トイレが男女共用なのは致し方ないだろうが、気にせずに布団《ふとん》の上に寝転がる。

その呑気《のんき》な光景を見てジャンヌはため息を漏らす。

「フール様、なにを呑気に寝ているのです。今はそれ相応の扱いをされていますが、あの直江というものは冷徹鋭利な瞳を持っていました」

「だろうな。あの手の頭の切れるタイプは、薬にも劇薬にもなれるタイプだ。俺らが謙信にとって邪魔な存在だと思ったら、容赦なく殺すだろう」

「わ、我々は謙信さまにとって邪魔なのでしょうか？」

スピカには俺と謙信が相性最高に映っているようだ。

「相性がいいから合わせたくないのだろう。今は悪魔の国の救済に奔走しているだけだが、俺の配下になればそれが世界規模となる」

上杉謙信は天下を取れた逸材だ。しかし、歴史を見ると結局、上杉家は天下を取れなかった。それは彼女の能力不足ではなく、性格に寄るところが大きかった。彼女は〝利〟よりも〝義〟を優先するからだ。義と誠を持って頼まれれば、劣勢の小勢力に加勢し、敵に悪意があれば自分よりも強大な相手に果敢に挑んだ。俺や他の名将のように実利を重視することはないのだ。

「つまりご主人さまの異世界統一の目的に共感してしまう一方、それにのめり込んでしまう、ということでしょうか」

聡明なスピカは的確に纏める。

「そういうことだ。直江兼続はこの世界でも同じ失敗を繰り返してほしくないのだろう。俺と組めばさらに強大な敵に挑むのは目に見えているからな」

「主が望んでいることなのに……」

ジャンヌはぶーたれる。

「直江兼続は上杉謙信の小姓を務めていたが、軍師として活躍し始めるのはその次の上杉景勝の代からだ。だからもしも自分が謙信公の時代に軍師だったら、と思ってしまうのも仕方ないだろう。有能な人間ほど、無駄な戦いはしたくないものさ」

「我々が牢に繋《つな》がれる理由は分かりましたが、このままここで三食昼寝付きの生活を送るつもりですか？」

「それは嫌だな。君たちが用を足すたびに《静音》の魔法をかけるのは面倒くさい」

スピカは顔を真っ赤《まっか》にさせる。

「それに俺たちがここに留め置かれている間、愚者の国や戦車の国が心配だ。俺の不在を知れば敵国が攻め込んでくるかもしれない」

「悠長にしていられないということですね」

「そういうことだ。できるだけ速やかに謙信公と面談したい。そうすれば説得はできると思っている」

「女性を口説く名人ですものね」

スピカは冗談めかして笑うが、問題なのはどうやってこの牢獄から出るか、である。

「この手の状況の定番ですと、ジャンヌがお色気で看守を誘って、ボコボコにして脱出があります」

「使い古された手で効果的だが、時と場合による。謙信公も直江兼続もまっとうな人間だ。彼らの薫陶《くんとう》が行き届いている兵士たちもまともだろう」

「むう」

「だが、悪い手ではない。この砦にいる兵士は善人である可能性が高い。つまりそこを突けばいい」

「と申しますと？」

「演技はする。しかし、そんな艶《なま》めかしいものではなく、普通にやる。そうだな、ジャンヌ、君は盲腸になったことがあるか？」

「ないです！　健康だけが取り柄ですから」

「だと思った。スピカは？」

「わたしもないですが、昔、奴隷仲間が盲腸で苦しんでいるところを見ました」

「盲腸はこの世界では死病でもあるからな。ならばスピカに盲腸になった振りをしてもらおうか」

「なるほど！　病人が出た戦法で医師に診てもらうのですね」

「そうだ」

　と纏めると、早速実行する。

「……う、うう、痛い～」

　ややわざとらしいが、あざといジャンヌよりはましで、見張りの兵士は動揺する。

「娘、どうした？　具合でも悪いのか？」

「た、たぶん、盲腸です。母もそれで亡くなりました」

「な、なんだと」

「そういう家系なのです。ああ、三途の川の河原の先で母が手招きしている」

「そりゃあ、大変だ。魔王はともかく、女性は丁重《ていちょう》に扱えと厳命を受けている」

「どうも」

自嘲気味に答える。謙信公は女性、それを崇拝している直江兼続もフェミニストなのだろう。その影響は末端まで行き届いているようだ。

「だから今、医師を呼んでくるが、そこの魔王、絶対なにもするなよ」

「もちろんだとも。〝俺〟は絶対なにもしない。そもそも〝これ〟があるだろう?」

魔力封じの手枷を見せる。武芸の達人ではない風貌の俺を見て衛兵たちは安心して入ってくるが、それが彼らの失敗であった。たしかに俺は魔力を封じられているが、無能ではない。牢の中に衛兵たちが入ってくると俺はジャンヌに合図を送る。こくりとうなずいた彼女は飛び込んできた衛兵のひとりに足を掛ける。〝ちゃんと〟二人目の兵士に足を掛けたのだから偉い。二番目に入ってきた兵士はジャンヌの足で躓《つまず》くと先頭の兵士に倒れ込む。突然のことにバランスを失った兵士は俺にとって絶好のカモであった。手枷はされているが足の自由は保障されている俺は兵士を蹴り上げる。顎《あご》を蹴られた兵士は悶絶する間もなく気絶する。ジャンヌが足を掛けた兵士は転倒し、ジャンヌが馬乗りになって首を絞めた。

「殺すなよ」

「逝《い》く一歩手前で自重しますわ」

にこりと妖艶に微笑むジャンヌ。まったく、相変わらずのサイコビッチぶりであるが、こういうときは頼もしい。またスピカも肝《きも》が据わっていて、倒れている衛兵から鍵《かぎ》を取り上げると、手枷の鍵を探し出す。

「ご主人さま、ありました」

「ありがとう」

スピカは慌てることなく俺の手枷を外す。虎の子のアゾットの短剣は取り上げられたままだが、これで自由に魔法が放てるようになったのはでかい。もはやただの兵士など、何人いようが恐ろしくなかった。——ただ、殺すわけにはいかないが。悪魔の国は俺の敵であるが、それに反抗する義勇兵は俺の敵ではない。一時的に虜囚となったが、敵対するつもりはなかった。

手のひらから魔法の気体を放出する。

「な、なんだこれは⁉」

「《眠雲《スリープ・クラウド》》の魔法さ」

その言葉が耳に入った瞬間、残りの兵士たちは眠りに落ちる。眠りに落ちた瞬間、激しく顔を地面に打ち付けたものもいたが起きることはなかった。俺の眠りの雲が優秀な証拠である。

「麻酔にも使えちゃいますね」

とはジャンヌの言葉だが、そのような利用法もたしかにあった。いつか試してみたいが、今はそのときではない。入ってきた衛兵を縛り上げると、そのまま地下牢から脱出する。

「俺たちの目標は上杉謙信との面会だ。そして彼女を説得する」

「関門は直江兼続でしょうか」

「そうだ。彼は俺と上杉謙信の面会を是が非でも阻《はば》むだろう」

「ですが儚《はかな》い抵抗です。怪しげな秘術を施した手枷はもはやありません」

ふふん、と得意げにいうが、それが〝フラグ〟になってしまったのだろう。俺たちの周囲に薄い靄《もや》が立ち込める。

「霧のようなものが迫ってきます」

スピカが言うように廊下の端には魔力に満ちた霧が湧《わ》き上がっていた。

「いや、これはカルディアスの魔法ではないな……」

「と申しますと？」

「これは日本の陰陽道にもとづいた呪詛だ」

「また陰陽道！」

ジャンヌは苦々しく突っ込みを入れるが、スピカは理解していないようなので説明する。

「陰陽道とは古代中国で生まれた自然哲学的な思想をベースにした秘術だ。陰と陽、つまり光と闇《やみ》を支配下に置き、五行、木、火、土、金、水の力を自在に操《あやつ》り、天地鳴動の力を発揮する東洋の秘術だ」

「なんでそんなものがこの国、というのはナンセンスなんでしょうね」

自身の存在を軽く皮肉るジャンヌ。異世界のフランスの聖女様がこのカルディアスにいること自体、超自然科学的であった。

「そういうことだ。おそらくだが、あの直江兼続という少年は陰陽師なのだろう」

「あのくそガキ自体が陰陽師なのですか⁉」

「おそらくはな。直江兼続は上杉家の家宰、軍師として高名な存在であったが、その実は陰陽師であったようだな。陰陽の秘術によって戦の帰趨《きすう》を占っていたのだろう」

そのように纏めるとどこからともなく少年の声が聞こえてくる。

「——さすがはダークロードだ」

その声にジャンヌとスピカは困惑する。

「この声は⁉」

ふたりは辺りを見回すが、周囲には誰もいない。

「陰陽道の秘術によって声だけ飛ばしているのだろう」

そのように説明すると直江兼続の声は、「正解です」と言った。

「あなたの推察通り、僕は陰陽師であり、軍師です。代々、陰陽師の力を持って上杉家に仕えてきました」

「この世界でもその力を十全に発揮しているようだ」

「はい。今、あなた方は鬼界方陣《きかいほうじん》の中にいます」

「ほう。たいそうな名前だな」

どうせ名前だけですよ、とはジャンヌの言葉であるが、俺はそのように思っていなかった。

それを証明するかのように直江少年は自信ありげに言う。

「さすがは愚者のダークロード。正解です。僕の鬼界方陣はただの方陣ではない。あの安倍晴明《あべのせいめい》が編み出した究極の陰陽道のひとつ」

「なんですって⁉」

ジャンヌは驚愕の表情を浮かべるが、意味は分かっていないようだ。「安倍晴明って誰ですか？」と小声で尋ねてくる。吐息を漏らしながら説明をする。

「安倍晴明とは平安時代の陰陽師だ。陰陽師といえば安倍晴明、安倍晴明といえば陰陽師、陰陽師の代名詞のような人物だな」

「それはすごい」

「ああ、すごい人物だよ。日本屈指の大魔術師だ。西洋でいえば黄金の夜明け団の創設者アレイスター・クロウリーや薔薇十字団の創設者クリスチャン・ローゼンクロイツに匹敵《ひってき》する」

「よく分かりませんが、邪教の匂いがぷんぷんします」

ジャンヌは敬虔なキリスト教徒として警戒するが、少なくとも安倍晴明は怪しげな人物ではない。日本の朝廷から従四位下播磨守《じゅしいげはりまのかみ》を受領したれっきとした貴族で、まっとうな人物だ。平安から明治の世まで続く陰陽寮という組織の基礎を作った人物で、偉大な魔術師であった。そんな人物が編み出した究極の秘術と言うからには相当厄介《やっかい》に違いない、と警戒したが、案の定、直江兼続が披露した鬼界方陣は厄介だった。

辺りを覆《おお》い尽くした霧は、地下牢から物理法則を奪っていく。霧は地下牢の狭い廊下を溶かし、あたりを異界化させていく。スピカは恐怖にこわばり、ジャンヌは警戒をするが、彼女たちの行動は正しい、異界化した空間から、次々に異形のものが現れる。

「この世界にはいない化け物です」

的確に化け物を表すジャンヌ。それは正解だ。陰陽道を用いて召喚される化け物は〝鬼〟や〝妖怪〟と呼ばれる化け物であった。

「以前、戦ったことがある酒呑童子《しゅてんどうじ》の亜種のようなやつもいるな」

口が裂け、角があり、筋骨隆々、金棒を持っているものもいる。また異様に首の長い化け物や傘の化け物もいた。多種多様であるが、それら化け物が一堂に会することを「百鬼夜行《ひゃっきやこう》」というう。

「百鬼夜行……」

ジャンヌがごくりと唾を飲むと、直江兼続は高らかに宣言した。

「さすがは最も賢き愚者であるフール殿だ。そう、鬼界方陣は滅多に発現しない百鬼夜行を再現する秘術です。その決壊に取り込まれたものは一〇〇匹の鬼を相手にしなければいけない」

「つまり百匹倒せば出られると解釈していいかな?」

「もちろんです。しかし、今までその方陣を突破したものはいません」

「なるほど、今まではそうかもしれないが、明日からはその謳《うた》い文句は使えないいな」

「虚勢にしか聞こえませんが、どこまでその虚勢を張り通せるでしょうか？」

直江兼続は嫌みたらしさを微塵《みじん》も見せずに、素直に憐憫《れんびん》の感情を込めると、「健闘を祈ります」と言った。その瞬間、金棒を持った鬼が襲いかかってきた。俺は鬼の金棒を颯爽《さっそう》とかわすと、拳《こぶし》に魔法を込めた一撃を放ち、鬼を数十メートルぶっ飛ばす。鬼や妖怪も感情はあるようでその様を見て恐怖を覚えているようだが、彼らの数は九九、まだまだ圧倒的に相手が優勢であった。

俺はジャンヌにスピカを守るように指示をすると、彼女は素直に従い後方に下がる。今、この場では、足手まといになるのが一番俺に不利になると知っているのだ。

彼女たちの安全を確認した俺は、指をポキポキと鳴らしながら言った。

「一騎当千《いっきとうせん》という言葉がある。俺がそうだとは自慢しないが、一騎当百くらいではありたいものだな」

そのように不敵な言葉を漏らすと、襲いかかってくる百鬼どもを次々となぎ倒していった。

斬りかかる武者の亡霊の刀を真剣白刃取りし、腹に蹴りをめり込ませると、首の長い魔物の首を掴み振り回し、そいつ自体を武器にし、頭に皿を乗せた化け物の脳天に唐竹割りのチョップを決める。そうやって次々と鬼どもを葬り去るが、別の部屋でその光景を見ていた直江兼続には余裕があった。

（たしかにこの魔王は強い）

おそらく、九九程度の鬼ならば余裕で倒せるだろう、直江兼続はそのように計算したが、魔王フールが地下から這い上がってくることは絶対にないと思っていた。

「九九匹の鬼ならば並の魔王ならば勝てて当然。問題はそのあとだ」

魔王と戦ったことはないが、一〇〇匹目の鬼に出会った瞬間、あらゆる魔王は〝絶望〟をするだろう。それだけは確信を持つことができた。

己の執務室から陰陽道の鏡を使って魔王フールたちが苦戦する有様を見つめるが、兼続は机の上に置かれた書類に意識を移した。上杉家の当主である謙信公は書類に目を通すことはない。内政には口を出すことはなく、諸事すべて兼続に任せた。面倒ごとを嫌ってのことではない。自分は戦場の人であり、執務室の人ではないと知悉《ちしつ》しているのだ。謙信公は適材適所を弁《わきま》え、兼続に絶大な信頼を置き、内政外交をすべて任せてくれていた。兼続もその信頼に応《こた》え、兵糧を集め、それらを適切に兵に配り、民心と士心の掌握に努めていた。

ゆえに兼続は忙しい少年であった。細かなこともすべて差配しなければいけないからだ。例えば支援してくれる村々の御礼状にも気を配る。内容もだが、出す順番も大事だ。村長たちの顔と性格を思い浮かべながら出す。この村の長は面子《メンツ》を重んじるから最初に、あるいはこの村長は鷹揚《おうよう》だから後回しになど、礼状ひとつとて気を使う。

また実質的な支配下にある村々の治水も大事だ。村々から人足を出させ、公平に水を分け与える。水害に困っている村、逆に干魃《かんばつ》に困っている村、事情はそれぞれに違うのだ。

それと法律も大事であった。先日もとある村で諍《いさか》いがあった。とある村人が悪事を起こして逆に返り討ちにあったのだが、悪人の遺族は死んだものを返せと返り討ちしたものに迫った。もつれにもつれた事件であったが、兼続はそれを一刀両断で裁いた。

加害者であり、被害者でもある遺族があまりにもしつこく遺族を返せというものだから「慰謝料」を払えと返り討ちにしたものに命じた。そのものは渋々支払うといったが、遺族はそれでもごね、「命を返せ」と譲らなかったので、遺族のひとりを手打ちにし、村の広場に首を晒《さら》した。

「閻魔《えんま》大王様、このものを使いに出すゆえ、どうかこのものの身内の命を返してください」

と立て看板を書いた。

——常軌《じょうき》を逸した差配であるが、村人たちは歓喜を持って兼続の沙汰《さた》を受け入れた。元々、この一族は村の鼻つまみもので傍若無人《ぼうじゃくぶじん》に振る舞いで村人を困らせたいのだ。このように果断にして繊細な兼続の統治は上手《うま》く行っており、この山とその周囲の村人たちからは絶大な支持を受けていた。村々はこぞって上杉家を支援してくれた。

ちなみにこの気狂いじみた沙汰は異世界の戦国時代でも同じように施し、同じような効果をあげていた。柔和さや慈悲だけでは民は統治できないのである。

そのように戦国の世を思い出しながら兼続は思いついたかのように鏡を見る。そろそろ愚者の魔王は五〇匹くらいの鬼を倒しただろうか。しかし兼続の視線の先に広がったのは鬼の死体の山であった。

「――なっ⁉」

驚愕の表情を浮かべる直江兼続。鏡の先にいたのは余裕の表情を浮かべ、死んだ巨鬼を椅子《いす》がわりにあぐらをかいている魔王であった。

愚者の魔王フールは鏡越しに微笑んだ。

「先ほどから声が聞こえないから別のことに集中しているのは察していた。時間は有限だ。その気持ちは分かるが、ダークロードを甘く見すぎではないか？」

爽《さわ》やかささえ感じる微笑、汗ひとつかいていない。

兼続の想定以上の速度で倒し、休憩を取っていたようだ。兼続が書類仕事を始めたのは二〇分ほど前だからおそらく一五分以内に九九匹の鬼を討伐したことになる。

兼続は苦々しくつぶやく。

「愚者のダークロード、知謀だけの魔王かと思っていましたが、武勇も上位の魔王に匹敵するようですね」

「あまり他の魔王と手合わせしたことがなくて分からないが、遅れは取らないように日々鍛錬《たんれん》に励んでいるよ」

「良いことです。しかし、涼やかな顔もそこまでです」

そう言うと直江兼続は立ち上がり、印を切る。あっという間に瞬間移動する。

鬼界方陣の中で少年陰陽師の姿を確認した俺は執事のように畏《かしこ》まる。

「これはこれは上杉家の家宰にして天才陰陽師であらせられる直江兼続殿」

「愚者の王は皮肉も上手いですね」

「ええ、何百年と愚者と蔑《さげす》まれているとこのような性格になりまして」

「たしかにあなたはつい先日まで周辺諸国に舐《な》められていました。しかし僕はあなたが無能だとは思っていなかった」

「ほう。根拠は？」

「当時、悪魔の国の魔王から渡された人口統計と農工業生産に大きな乖離《かいり》があった。あなたは自分の国の国力を過小に申告することで周辺国に警戒されないようにしていた」

「気が付いていたものがいたとはね」

「僕が住んでいた世界では逆のことをする領主が多かった。江戸時代、藩の石高《こくだか》を多めに申告することによって自分を大きく見せ、近隣の大名に威張り散らすものが多かった」

「結果、幕府による普請《ふしん》が増えて領民が苦しむことになる」

「はい。国の格によって参勤交代の費用もだいぶ変わりますから」

吐息を漏らすが、江戸時代、上杉藩は一二〇万石から三〇万石、さらにその半分の一五万石の大幅減封《げんぽう》を喰らった大名だ。見栄を張るのも大変であったろう。上杉家は逆に額面の石高を低く周知していたので俺の策に気が付いたのかもしれない。

そのように分析するが、今、直江兼続が語りたいのはそのようなことではないだろう。俺は少年陰陽師の顔に自信が漂っていることに気がつく。

「虎の子の百鬼夜行の九九パーセントを壊滅させられてその余裕ということは残りの一パーセントが凄《すさ》まじいと判断すべきかな」

「その通りです。というか今までの九九匹は前座にしか過ぎません」

「大した自信だが、その前座も十四分ほどで倒したが」

「なるほど、おそらく陰陽道千年の歴史でも最短であることは間違いありませんが、それでもあなたは勝てない」

「断言するな」

「ええ、陰陽道を生み出した安倍晴明がその生涯を掛けて生み出した秘術のひとつ、最高奥義のひとつ、鬼界方陣百鬼夜行終《つい》の鬼が残っていますから」

「終の鬼……」

ジャンヌはごくりと唾を飲み込む。

この能天気な娘が恐怖を感じるということは相当にやばい鬼であると推察できるが、それは間違っていなかった。辺りに霧が立ち込める。禍々《まがまが》しい邪気が満ちる。地獄の底から響き渡るような怪音が木霊《こだま》すると、先ほど倒したはずの百鬼たちが蠢《うごめ》き始める。ジャンヌは復活したのかと勘違いしたようだが、そうではないようだ。俺が葬った百鬼の死体たちが一箇所に集結し始める。磁力を持っているかのように死体が結合していく。

「禍々《まがまが》しい」

神の使徒であるジャンヌは吐き捨てるように言う。

「その感想は正しい。どうやら終の鬼というやつは他の鬼の死体を喰う鬼のようだな」

「死体を喰う鬼⁉」

「ああ、死んだ仲間の死体を喰うことによってその力も得る。つまり終の鬼は仲間が死ぬのを待っていたんだ」

事実であったようで、小さなお化け蛙の形をした貧弱な蛙はにたりと笑ったような気がした。

直江兼続も同様に微笑む。

「正解です。終の鬼は仲間の死体を喰らうことによってパワーアップする鬼。つまりあなたが鬼を倒せば倒すほど強くなる」

「九九匹の鬼の波状攻撃もきつかったが、その鬼がひとつの塊《かたまり》になって襲ってくるのはさらにきついな」

「やっと弱音を吐いてくれましたね」

「ああ、実は見た目ほど余裕がなくてね。アゾットの短剣を取り上げられてしまっているから、肉体と魔法で戦うしかなかった」

「肉体的疲労はピークになっているようですね。それと魔力も尽き掛けているとお見受けします」

兼続は冷静に俺の弱点を指摘する。

「あなたは強いが一騎当千ではない。魔王の中でも貧弱に分類される。数で押せばどうにかなると思っていました」

「正解だ。どのような豪傑も数には弱い。人間には限界があるからだ。その上、最後の最後でそれまでの総戦力以上の化け物を用意されたら――」

呆《あき》れながら巨大化していく化け蛙を見つめる。

「さすがの俺も苦戦する」

「苦戦で済めばいいのですがね」

兼続はそういうと化け蛙をけしかける。

「終の鬼よ、愚者のダークロードを飲み干せ！」

両生類の化け物ゆえ、無言で襲いかかってくるが、それが逆に不気味であった。九九匹の鬼を喰らって肥大化した化け蛙は無言で殺意をむき出しにする。大きな舌を伸ばしてくる。舌は野太く、棍棒《こんぼう》のようであった。丸太のような舌を縦横無尽に繰り出し、致命的な一撃を与えようとしてくる。魔力で身体をブーストさせ避けるが、打撃が駄目だと分かると、舌を鋭利にさせたり、棘を生やしたり、毒を吐いたり、攻撃方法は多種多様だった。

「ご主人さま！」

　スピカは心配げに俺の名を呼ぶが、たしかに化け蛙の攻撃はなかなかに圧を感じる。もしも魔力が尽きれば一撃で葬り去られるだろう。そしてそのときはそう遠くない。そう悟《さと》った俺は攻勢に転じる。避けたりいなしたりしているだけではじり貧だと思ったからだ。右手に魔力を込めると、棘だらけの舌を摑み、投げ放つ。化け蛙は思わぬ反撃に脂汗を滲《にじ》ませるが、それ自体、やつの攻撃であった。イボイボの肌から分泌された脂汗、それは文字通り油で、可燃性の物質であった。化け蛙はニヤリと微笑むと呪詛を唱えた。途端に辺りは炎に包まれる。この化け物は物理攻撃だけでなく、陰陽師の秘術も使いこなすようだ。

　炎に包まれる俺、その姿を見てスピカは慌てるが、ジャンヌは冷静だった。炎ごときで俺がやられるとは思っていないのだろう。それは事実だったので炎の中から不死鳥のように羽ばたくと、天を舞いながら化け蛙に一撃を加える。青い魔力が込められた一撃はぶよぶよとした化け蛙にめり込む。ドゴッという擬音と共に蛙はひしゃげるが、一撃で倒せるほど安易な鬼ではなかった。そこから拳と舌の応酬が始まる。数秒の間に拳と舌が何十も往復する。

　フールと化け蛙の戦闘を見つめる直江兼続。あっという間に決着が付くと思ったが、なかなかどうして、決着が付かない。愚者フールは知謀の魔王と聞いていたが、武勇の人でもあったようだ。これは自分も参戦せねば負けるかな、と思った兼続は数珠《じゅず》を握りしめて一歩前に出る

が、それを静止するものが現れる。メイド服を着た少女だ。彼女は両手両足を大の字にして兼続の前に立ちはだかると、

「こ、これ以上先には行かせません！」

と言い放った。

「なかなかに勇敢なお嬢さんだ」

軽く笑うが、これくらいで引くわけにはいかない。スピカを押しのけようとするが、彼女は勇気を振り絞り言った。


「卑怯《ひきょう》です」


その言葉を聞いた兼続は虚を突かれたような顔をした。

「卑怯？　この僕が？」

「はい、そうです」

「なにを指して卑怯と言っているのか分からないのだけど。もしかして終の百鬼に加勢することを指しているのかな」

「そうです」

「ならば見当違いだよ。僕は武士道精神も騎士道精神も持ち合わせていない。いくさとは一対

一で行うものではない。多数によって敵を取り囲み、効率的に排除する。それが軍師というもの」

「でもあなたは人間のはずです」

「……」

「望まれてこの世界に召喚されたわけではないでしょうが、人間のはずです。人の心を持っているはず」

「どうしてそう言い切れるの？　僕は平気で人を殺す人間かもしれないよ」

「違います。だってあなたは残虐な悪魔のダークロードに反旗を翻《ひるがえ》した上杉謙信さんの部下です。彼女を尊敬し、虐げられている悪魔の国の人たちを助けている」

「……」

「だからあなたはいい人のはず。だからご主人様と大きな蛙との決闘を見守ってくれるはず」

その言葉を聞いた兼続は互角の死闘を繰り広げている魔王と化け蛙を見つめる。いや、魔王のほうがやや優勢か。このまま戦いが進めば化け蛙は負けるであろう。それはつまり軍師としての直江兼続の敗北であり、戦略的目的を達成できないということであった。それは軍師としても上杉謙信の配下としても許されることではなかった。兼続はスピカを押しのけ、陰陽道の秘術を使い始める準備を始めるが、それを止めるものが現れる。

軽《かろ》やかにして涼やかな声の持ち主だった。凛とした声が空間の隅々まで響き渡る。古来、よく響き渡る声は「名将」の条件のひとつとされた。剣と剣がぶつかり合う金属音、怒号、雑多な音が飛び交う戦場で声が響かないのでは命令伝達に齟齬《そご》が生じるてよろしくない。ゆえに名将の声は聞き取りやすくなくてはならないのだ。〝彼女〟の声はそれを完璧に満たしていた。

「無益ないくさは毘沙門天《びしゃもんてん》の望むところではない！」

白銀の鎧を纏った少女は、言い放つ。

その声を聞いたものは等しく彼女の言葉に耳を傾けた。無視できぬ存在感があったからだ。

──俺は白銀の鎧を着た少女を見つめる。先ほど砦の広場で見かけた人物と同じだ。つまり彼女が上杉謙信であった。

上杉謙信の言葉を聞いた兼続は畏まる。百鬼ですらその動きを止める。戦闘は一時休戦となるが、油断は解かずに尋ねる。

「貴殿が上杉謙信とお見受けする」

「いかにも」

謙信は自然体で答える。

「我々はこの百の鬼と交戦しているが、あなた方と敵対したいわけではない。矛《ほこ》を収めていただくことはできないか？」

「この上杉謙信は無益な戦いはしない。一番の配下直江兼続もそうである」

名指しされた兼続は身体をびくりとさせるが、毅然として言い放つ。

「このものどもを御館様に引き合わせるのは危険と判断しました」

「ほう、このものどもは悪党に見えないが」

「このものたちは善人です。しかし悪が悪であるがゆえに有害なように、善も善であることが有害になることがあります」

「禅問答のようだな」

「御意」

「しかし、それは私が決めようか。ともかく、この空間を解け」

「御意」

兼続はすぐにそれを実行しようとするが、鬼界結界は容易に解《ほど》けることはなかった。この期《ご》に及んで兼続が抵抗をしているわけではなかった。なにかトラブルが発生したようだ。

「な、結界が消えない⁉」

「ちょ、どういうことよ」

ジャンヌは批難するが、兼続は弁明する。

「貴殿たちが激しく抵抗するせいだ。通常、終の鬼とここまで激闘を繰り広げるものなどいない」

「ちょっとフール様にいちゃもんをつけないでよ」

「事実を述べたまでだ」

「このまま鬼界結界ってのがあるとどうなるわけ？」

「……終の鬼の闘争本能は消えない」

「それってつまり⁉」

「戦いは継続する」

兼続がそのように言い放った瞬間、終の鬼は動き始める。俺を殺そうと舌を突き出すが、それを一瞬で真っ二つにする白い線。白銀の鎧を纏った少女が瞬間移動をしたかのように俺の目の前に現れ、腰の刀を抜いたのだ。刹那《せつな》の抜刀《ばっとう》で抜かれた刀は化け蛙の舌を斬り裂き、ふたつにする。ただそれでも化け蛙の闘争心は衰えない。その巨軀《きょく》を使って俺と謙信を圧殺しようとするが、謙信は刀を引くと、ための動作を取る。どうやら必殺の一撃を放つつもりのようだ。

「あの構えは〝突き〟か」

「さすが魔王様です。構えだけで分かるなんて」

「武芸の嗜《たしな》みがなくてもあの動作を見れば分かる。剣を引いて、力を溜《た》めている。ただ、その〝力〟が尋常じゃない」

俺の解説を聞いて直江兼続は、「ご名答」と言った。

「あれは御館様の必殺技、越後龍平突き《えちごりゅうひらづき》」

「越後龍平突き……、シンプルだな」

「御館様の異名は越後の龍、それと龍ですら殺せる平手の突きという意味も掛けている」

上手いたとえだと思ったし、はったりでないのは上杉謙信が纏うオーラを見れば一目瞭然だった。彼女は龍の化身のような一撃を放つ。大河のうねりのような一撃はまっすぐに繰り出す。

その一撃は雷鳴の早さと轟きをもって化け蛙に直撃する。


——一撃であった。


龍の平手突きを喰らった化け蛙は一瞬にして木っ端微塵《こっぱみじん》となる。圧倒的な質量の一撃を喰らった化け蛙は臓腑を撒《ま》き散らせる。

その一撃は今まで見てきた英雄の中でも格別である。義経以上の攻撃力を秘めているようにも見える、と心の中で思うと心の中の義経は、「義経のほうが強いぞ！」と憤慨した。まあ、本来、英雄に良し悪しなどない。英雄には適材適所があるし、相性があるのだ。Fランクの英雄とて場合によってはSランクを倒すこともあるのである。

そのように心の中で纏めていると上杉謙信は鞘《さや》に刀を入れ、合掌をした。

「南無大師遍照金剛《なむだいしへんじょうこんごう》」

真言宗《しんごんしゅう》風の経を唱えたのは上杉謙信が信心深いからであろう。彼女のお経が効いたのかは分からないが、鬼界結界は徐々に解けていく。現実世界が侵食していく。

すべてが元通りになると、俺は改めて上杉謙信に頭を下げた。

「非礼な侵入者を迎え入れ、化け蛙まで討伐していただき、ありがとうございます」

深々と頭を下げるとジャンヌは不満げに言った。

「本来、謝るのは向こうのほうじゃないですか？　客人への礼節に欠けています」

ジャンヌのほうが正論ではあるのだが、俺たちはこれからこの義理堅い武将に頭を下げるのだ。礼節を尽くしたかった。その気持ちが彼女に届いたのだろう。上杉謙信は直江兼続に俺たちを賓客《ひんきゃく》としてもてなすように命じた。

アゾットの短剣やジャンヌの旗なども返還された。スピカの茶道具も。そのまま応接間に案内されるとそこで茶を出された。緑茶である。この辺は緑茶の産地のようで、渋みと甘みのバランスが取れたとても旨いお茶であった。馬鹿《ばか》舌の持ち主であるジャンヌでさえ「美味《うま》い」とつぶやくほどのものであるが、それを飲み終えると、上杉謙信はおもむろに言った。

「さて、義について語り合おうか」

「「「…………」」」

こちら側全員が沈黙してしまったのは摑みがキャッチーすぎるからだろう。昔、とある画家が依頼主と打ち合わせするときに、「奏でようか」と言われて困惑したエピソードがあるが、それに近いものがある。上杉謙信にとって「義」とは呼吸をするようなものなのかもしれない。

啞然《あぜん》とした表情を元に戻すと、義について語り始めた。

「謙信公が義を重んじ、義に生きる人だとは聞いています。ゆえに俺はあなたを迎えに来たのです」

「私の義を欲するか？」

「はい。あなたの武勇と武略を借り受けたい」

「つまりおまえの家臣になれということか？」

「有《あ》り体《てい》に申し上げれば」

その言葉に激発したのは直江兼続だった。

「無礼者！　このお方は公方様から関東管領の職を承ったお方ぞ！　ただの魔王風情がなにを

言う」

「無礼はどっちよ！　フール様は二カ国を領有する天才魔王なのよ」

「小国をふたつ持っていても中堅国以下だ」

「きー、上杉家なんて悪魔の国の山に引きこもっているゲリラの一味じゃない」

「ゲリラではない！　抵抗軍だ！」

「やってることは同じでしょ」

ジャンヌと兼続はつかみ合いの喧嘩《けんか》をしそうになる。ジャンヌが幼稚なのは知っていたが、兼続も謙信のことになると年相応に熱くなるようだ。ふたりを沈めるのはその上杉謙信。

「兼続、それにそこの金髪の聖女、静かにしろ」

兼続だけは即座に命令に従う。

「私は義のためにこの世に生を受けた。悪を討伐するために生まれた毘沙門天の化身だ。貴殿――、フールといったか。貴殿が義に篤《あつ》い魔王であるのならば私は進んで家臣になろう」

「ならば大丈夫、フール様の慈愛は世界一だもの」

自信満々のジャンヌ、こくんこくんと頷《うなず》くスピカ、しかし、俺の表情は硬い。謙信の瞳から並々ならぬ決意を感じたのだ。その観察は正しかった。彼女はとんでもない提案をする。

「フールと言ったな。貴殿は慈愛に溢《あふ》れているそうだな。ならば神の加護があるはず。毘沙門天の守護も得られるはず」

「つまり俺になんらかの試練を受けろと？」

「そういうことだ」

「分かった」

「即答だな」

「それしか道がないからな。あなたのような猛将の信頼を得るのに言葉だけでは不十分だ」

その答えを聞いた謙信は満足げに微笑むと、俺たちを砦の広場に連れて行った。

ジャンヌたちはなにをされるか、そわそわしてるが、俺は悠然としていた。


砦に向かうとそこには一〇〇〇名ほどの兵士がいた。なかなかに壮観である。皆、弓を持っていた。ジャンヌはすぐ異変に気が付き、俺の一歩前に出て俺を守ろうとする。

「おのれ、上杉謙信、だまし討ちをする気か！」

興奮するジャンヌをどかしながら諭す。

「俺を殺すチャンスは無限にあっただろう。上杉謙信はそのような真似《まね》はしない」

「ならばなにをする気なのです」

「おそらくは、俺の〝運〟を試す気だろう」

「運？」

「そうだ。先ほど神の加護と言ったたな。上杉謙信という男――いや、女か。彼女は神の加護

愛されていた」

「オルレアンの聖女ジャンヌ・ダルクも神の加護を受けていた。だが、上杉謙信は毘沙門天に愛されていた」

「愛――」

スピカはつぶやく。

「そうだ。彼女は北条氏を攻めたとき、単身、敵の城の前に座り込み、酒を飲んだ」

「まじっすか!?」

「まじだ」

「なぜそのようなことをされるのです?」

「死にに行くようなものですよ」

「いや、死なないと信じていた。実際、死ななかったしな。彼女は敵の城から雨あられのように弓矢と鉄砲を放たれたが、ただの一発も命中しなかった」

「そんなことあり得るんですか?」

「ありえ得るんだよ。彼女は悠然と酒を飲み干すと、自陣に戻り、『どうだ? 私は死ななかっただろう?』と味方に言ったそうな」

「す、すごい肝っ玉《たま》」

「それによって味方の士気は大いに上がっただろう」

「でも、死んでいたら味方も総崩れですよ。無責任です」

「だから死なない〝自信〟があった。彼女は本気で毘沙門天の加護が得られると信じていたんだ。そしてそれを俺にも求めるようだ」

　俺の言葉に上杉謙信はうなずく。「うむ」と。

「毘沙門天の加護があれば貴殿は絶対に死なない。毘沙門天は義に篤いものを守護したもう」

「理にかなっているが、博打になるな」

「そうだな。嫌ならばやらなくてもいいが」

「もちろんやるさ。ただ、俺は酒をたしなまない。紅茶でもいいか？」

「構わないが、この砦にはない」

「俺のメイドが持っている」

　その言葉にスピカはにっこりと微笑み、紅茶を淹れる準備をする。謙信の小姓たちも手伝ってくれたので思いのほか早く入る。アッサムティーのようで高ぶった気分を落ち着かせてくれるが、俺は小姓に椅子を所望すると、それとビスケットを持って砦の中心に座った。

「この茶を飲み終えるまでに矢を放ってくれるかな」

「各自一本だ。つまり一〇〇〇の矢玉がくる。――しかし椅子に座るのか？　その分、命中しやすいぞ」

「上杉謙信公は草原であぐらをかいたのだったな。ならばその謙信の度肝を抜かせるには椅子くらい必要だろう」

「たしかに」

「それに紅茶を飲むのに地べたに座るなんて品がない。これでも魔王だからな」

上杉謙信はあっぱれ、と言うと俺から離れ、結果を見守る。

直江兼続が俺と兵士たちを交互に確認する。兵士たちは弓を絞っている。全員、俺をめがけているが、すべて羽根は外してあった。さすがにそれくらいのハンデはくれているのだろう。ただそれでもジャンヌとスピカは固唾《かたず》を呑《の》んでこちらを見守っている。俺がびびっていては彼女たちを余計に心配させるので涼やかな顔をしておく。

直江兼続は俺から離れる瞬間、このように言い放つ。

「貴殿は馬鹿だな。絶対に死ぬぞ」

「これくらいの賭《か》けで勝てないようじゃカルディアスは統一できない」

「……統一する前に死んでどうする」

吐き捨てるように言うと、兼続は俺から離れ、腕を振り上げた。兵士たちはさらに弓弦を絞る。腕を振り下げた瞬間、兵士たちは矢を解き放つ。

一〇〇〇の兵から一斉に放たれる矢は壮観であった。一瞬、太陽が隠れるほどの質量がある。

まっすぐ飛ばないとはいえ、すべてが俺を避けるなどあり得なかった。どれかは必ず命中するだろう。会場にいる兵士たちはそう思ったが、そうはならなかった。

次々と着弾する矢、それらはすべて砦の地面に刺さった。ひゅん、と俺の頬をかすめる矢は何本かあったが、肉体に突き刺さる矢は一本もなかった。

俺は平然と紅茶を飲み干すと、ビスケットも口に放り込んだ。美味である。

余裕綽々《しゃくしゃく》としている俺を見て一番驚いているのはジャンヌとスピカかもしれない。彼女たちは喜び勇み俺の元に駆け寄ろうとするが、それを静止する声が。

「まだだ！　まだ終わっていない！　兵士たちの放った矢は九九九だ」

そのように言い放ったのは上杉謙信本人であった。

彼女は弓を構えていた。そのまま俺の前に歩み寄ってくると、俺の眼前に鏃を突きつける。

「おまえが本当に毘沙門天の加護を受けているのならばこれも避けられるはず」

「…………」

俺が無言でいると謙信の弓を絞る腕に力が入る。その射程は一メートル未満、羽根もあり九割九分命中するだろう。降参か死を覚悟するべきか、二者択一を迫られたが、俺は第三の選択肢を取った。


生きる道を選んだのだ。

冷然と平然を混合したような音域で言った。

「放て。今の俺ならば矢玉のほうが勝手に避けてくれる」

「言ったな、私は本気だぞ」

「ならば本気で俺の家臣になってくれるだろう。当たったのならばそれまでだ」

諦観ではなく、達観の境地で言ったが、上杉謙信は矢を放つ。撃つと言ったのならば撃つ、撃てと言ったのならば撃つ、それが上杉謙信という人物であった。

——しかし矢が命中することはなかった。矢を放つ瞬間、砦が轟音に包まれ、揺れたのである。

「な、なにごとだ⁉」

慌てる兼続に冷静に返す謙信。

「これは魔法による攻撃だ。どうやら悪魔のダークロードにこの居場所を突き止められたようだ」

「な、なんですって⁉　く、何重にも見張りを置いていたのに」

「何回も煮え湯を飲まされているからな、つまり本気で討伐軍を派遣してきたということだ」

主従の緊迫感あるやりとりに俺は割り込む。

「敵の数は？」

「推定で三〇〇〇だろうな」

「こちらの戦力は一〇〇〇か。ふむ、やってやれない数じゃない」

「馬鹿を言うな。ここは砦ではあるが同時に廃墟でもある。撤退です。撤退を提案します」

兼続はそのように具申《ぐしん》するが、謙信はその言葉に耳を傾けることなく、俺にひざまずき指示を仰《あお》ぐ。

その姿を驚愕の表情で見つめる兼続。

「な、なにをされるのです、御館様！」

「私は今、この瞬間からこの方の家来となったのだ。指示を仰ぐのは当然でしょう」

「ですが、あなたは名門上杉家の当主、関東管領です」

「カルディアスのどこに関東がある？　虚構の役職だ」

「そ、それはそうですが」

「このものは毘沙門天の加護を受けた魔王だ。上杉家は将軍家を敬愛し、天子様に忠誠を誓う家柄。己が従うべきと思った相手に頭を下げるのになにを躊躇する必要があろうか」

断固とした決意に満ちた言葉であった。そのような物言いに対し、家臣である兼続にはそれ以上の具申はできなかった。

直江兼続はかつて後の天下人に「直江状」と呼ばれる果たし状を送った男である。一度、肝を据えれば豪胆に行動できる男であった。

「――分かりました。僕はこれまでもこれからも御館様の意志に従うだけ。御館様の主は僕の主です」

上杉謙信が「うむ」と笑みを浮かべると、兼続は素早く立ち上がり、兵士たちに命令を下す。

「敵襲だ。即時戦闘態勢に入れ！」

兵士たちも慣れたもので、

「おう！」

と応じた。

その精悍《せいかん》さ、勇ましさはかつて織田信長が震撼《しんかん》したとされる越後兵そのものであった。

第三章　越後の龍、上杉謙信

†

戦国最強の猛将上杉謙信《うえすぎけんしん》と直江兼続《なおえかねつぐ》を手に入れた俺《おれ》はさっそく窮地に立つ。三〇〇〇の悪魔の国の兵に取り囲まれてしまったのだ。

越後兵たちは的確に砦《とりで》の要所に陣取り、悪魔の国の兵を迎え撃っているが、この廃墟のような砦では防御力が乏しい。このまま順当に行けば敗北は必至だった。ただし、順当に行かせないのが愚者のダークロードであった。

廃墟とはいえ、防御しているこちらとしてはまだ兵士の余裕がある。その中から一〇〇を選抜すると、上杉謙信と共に敵の本陣を切り裂く作戦を提案した。

その作戦を聞いて直江兼続とジャンヌはあり得ない！　と抗議した。

「なぜあり得ないんだ？」

「だって敵兵は三〇〇〇ですよ。つまり三〇倍の兵士です」

計算ができて偉いな、とジャンヌを茶化す。

「三〇倍の兵には勝てません。自重してください」

「自重したら勝てるいくさも勝てなくなる。俺の目的は上杉謙信を家臣に加えること。加えた矢先に討ち死にされたら困る」

「つまり勝算があるということですね？」

兼続は冷静に尋ねる。

「ああ、俺自身、一騎当百《いっきとうひゃく》のつもりであるし、さらに上の武将もいるからな」

白銀の鎧《よろい》を着た少女はにやりとする。

「それに一〇〇の兵とて効果的に繰り出せば敵を圧倒できるんだ。それを証明してみせる」

そのように言い放つと砦の要所を回りながら一〇〇の兵をスカウトしていく。

越後兵たちの顔を見て即座に、「こいつ」「そいつも」「あいつも」とピックアップしていくが、ジャンヌなどから見ると適当に選んでいるように見えるようだ。

「あ、あの、ちょっと適当すぎません？」

控えめに提言してくるが、上杉謙信は「あっぱれ」直江兼続は「うぬぬ」と唸《うな》った。

どういうことだろうと眉《まゆ》をひそめるジャンヌに謙信は答える。

「この男、いや、魔王殿は的確に我が軍の精鋭を引き抜いているんだ」

ジャンヌはまじすか、という顔をする。

「フール殿は我が軍の誰《だれ》が武芸の達人か一瞬で見抜けるというのだろうか。だとしたらとんでもない慧眼《けいがん》の持ち主だ」

「あったりまえでしょ。フール様の眼力は世界最強なんだから」

鼻息を荒くするジャンヌだが、俺は冷静に、

「違う」

と答えた。

「ではどういった了見《りょうけん》で選んでいるのだ?」

謙信は尋ねる。

「先ほど俺に矢を放った兵でよいところに放ったものの顔を覚えていただけ」

「な、あの一瞬で覚えたというのですか⁉」

兼続は驚愕《きょうがく》する。

「まあね、記憶力には少しばかり自信があって」

その言葉に謙信は「はっはっは」と笑う。

「神童直江兼続でさえあの一瞬でそこまで兵士の顔を把握できない。愚者の魔王殿は天才だな」

「どうも。小賢《こざか》しいともよく言われます」

「小賢しい大いに結構。賢いことに変わりはない」

謙信は豪胆に笑うと越後の精兵に檄《げき》を飛ばす。

「今日から我が上杉家は愚者の魔王の勢力下に入る。以後、このお方を主《あるじ》と称えよ」

その言葉を聞いた越後兵たちは僅《わず》かも躊躇《ちゅうちょ》することなく、「おう」と応じた。俺ではなく謙信公に忠節を誓っていることは明白であったが、それでいい。俺は彼女の個人的武勇とカリスマ性を得たいからだ。それに一〇〇の兵で三〇〇〇の兵を蹴《け》散らすには彼女の力が不可欠であった。俺には大胆不敵な作戦を考える知謀《ちぼう》はあっても、それを実現する神懸かり的な武勇はないのである。

俺はその〝武勇〟を前提に作戦を考えることにしたのだ。


俺が考えた作戦を皆に披瀝《ひれき》する。それは単純なものであった。俺と上杉謙信が〝一騎駆け〟をし、その間にジャンヌと直江兼続が越後兵一〇〇を率いて悪魔の国の兵を率いる大将の首を取るという作戦であった。

その単純明快な案を聞いたものは皆、例外なく口をあんぐりとさせた。作戦の〝一部〟であるジャンヌと兼続でさえ驚愕は隠せない。

「一騎駆けとはどういう意味ですか⁉」

ジャンヌが詰め寄ってくるので魔法で辞書を取り出すと彼女に渡す。

「文字は読めませんが、言葉の意味は分かります！」

ジャンヌは憤慨する。

「ならばそのままの意味だよ。いや、俺と謙信公が行うから〝二騎駆け〟かな」

「たったの二騎で三〇〇〇に突撃するつもりですか？」

「そうだ」

「自殺行為です」

「そうでもないさ。謙信公には特殊なスキルがある」

「特殊なスキル？」

きょとんとしているジャンヌに兼続が説明する。

「御館様には〝毘沙門天《びしゃもんてん》の加護〟がある」

「あ、そうか。謙信は矢玉を避けるのか」

「そうだ。北条氏康《ほうじょううじやす》との戦いでも、武田信玄《たけだしんげん》との戦いでも、一騎駆けをし、無傷で生還した。

それは毘沙門天の加護を受けているから」

「つまり謙信は死なないってことね」

納得納得、というジェスチャーをするが、すぐに「おいおい」とひとり突っ込みを始める。

「って、上杉謙信は死なないけど、フール様は死ぬってことじゃないですか⁉」

「そうだな。俺は魔王だが、不死ではない」

「フール様が死んだらどうするんですか、ジャンヌが腹上死してしまいます」

憤死と言いたいのだろうが、訂正せずに続ける。

「死んだらそこまでさ。俺に毘沙門天の加護はないが、先ほどは矢が当たらなかっただろう」

「あれはたまたまです」

「いや、俺の運気が絶好調ってことだ。つまり博打を打つのに最高の状態ってわけだ」

ギャンブル依存症患者のような戯言《たわごと》であるが、間違ってはいなかった。いくさには「戦機」があるのだ。戦機とはいくさの潮目を読む能力のことだ。これを持っているものがいくさを制すると言っても過言ではない。

例えばアレクサンダー大王という英雄がいる。彼は自ら先頭に立ち、ときには単機で戦場を駆け回る。部下に対する指示も単純明快で、「あそこに兵を繰り出せ」「今、突撃しろ」としか言わなかったという。

これこれこういう理由で敵軍がこうだからこちらはこう動いてこうしろ、という説明を一切《いっさい》しなかったのだ。陣頭に立ち、戦場の流れを明確に読み、今が「戦機」だと確信すれば単純明快な方法で部下に命令を下すだけ。

理論と知性を超えた神懸かり的な采配によって戦場を支配する。後世の人々はそれを「軍神」と呼んだ。

そのような天才肌タイプの英雄は、敵将はもちろん、味方からも理解を得ることはなかったが、結果と実績によって部下の心を掌握《しょうあく》し、「このものに従えば勝てる」と多くの部下が付いてきてくれた。俺は理知的に動くタイプだが、今、この瞬間だけ天才肌になることにしたのだ。なぜならば――。

「俺の横には軍神上杉謙信がいる。彼女は〝天才〟だ。戦機を読むことができる。彼女といればこの戦場を支配できるからだ」

そのように言い放つと、当の上杉謙信はにやりと微笑《ほほえ》んだ。益々《ますます》俺を面白《おもしろ》い男だと思ったようだ。

「面白きかな。この魔王にも毘沙門天の加護が訪れるように、常に戦場ではともにいよう」

謙信がそのように纏《まと》めると二騎駆け作戦が実行された。

悪魔の国兵は三〇〇〇、彼らは砦を包囲し、意気揚々であった。彼らを指揮する魔族の将軍は、酒杯を掲げ、叫んだ。

「我が主を裏切った上杉謙信とかいう小娘を捉《とら》えよ。生死は問わない」

部下たちは高揚感に包まれながら武器を掲げる。

とある兵士が悪魔の将軍に尋ねた。

「上杉謙信は雪のような白い肌を持つ女と聞きます。捉えたら好きなようにしてもいいでしょうか？」

「構わない。悪魔の魔王に逆らったものの末路として辱めを与えよ。――ただし、ナニを食いちぎられないようにな。凶暴な娘と聞いている」

その品のない冗談に悪魔の兵たちはどっと笑うが、その笑いは一瞬で収まった。伝令が慌てて報告に来たからだ。

「しょ、将軍、大変です。砦から兵が出てきました」

その報告を聞いた将軍は酒杯を捨て、眉をひそめる。

「上杉家には一〇〇〇の兵士しかいないはずぞ。砦という要所に籠《こ》もっているのに、そんな余裕があるわけがない」

虚報ではないか、将軍は叫ぶが、正確無比なものであった。

「たったの二騎です。たったの二騎こちらに突撃をしてくるのです」

「な、なんだと⁉」

将軍はさらに動揺する。予備兵や伏兵がいたのではなく、たったの二騎だと⁉

「そんなわけがあるか。二騎だけで突撃などしてくるわけがない」

「それが事実なのです。二騎の騎馬兵が悪鬼のような勢いでこちらにまっすぐ向かっています。あの進軍速度ですと一刻以内にここに現れるかと」

「ええい、信じられぬ！」

将軍はそのように言い放つと陣幕を飛び出る。従卒は慌てて兜《かぶと》を持って追随する。将軍は馬にまたがり、戦場を見渡した。

するとたしかに敵の砦から進撃してきたと思われる二騎の武者がいた。白馬にまたがった一対の騎兵が、縦横無尽にこちらの軍を切り裂いている。海を割るかのような勢いだ。二騎が前進するたびに兵たちの首は飛び、身体は切り裂かれ、血の旋風が巻き起こる。兵士たちは恐怖に駆られ、後ずさるが、それでも逃亡するようなことがないのは敵が二騎しかいないからだろう。

悪魔の国では兵士たちによく訓練を施していたし、彼らも敵前逃亡の罪の重さを知っているのだ。しかし、それでも二騎の悪鬼には近寄りがたいと見える。将軍は即座に弓部隊を用意するように命じた。

「あの手合いの一騎当千の化け物は射殺《しゃさつ》するに限る。どのような猛将も飛び道具には弱いものだ」

その通りであった。戦場での死因の上位は飛び道具によるもの。弓矢や銃撃、投石などによって死ぬもののほうが圧倒的に多いのである。それを知っていた将軍は即座に弓兵を総動員すると彼らに狙《ねら》いを定めさせた。

「全身ハリネズミにしてやれ！」

その命令を聞いた弓兵たちは一斉に矢を放つが、数百の弓を放っても彼らに当たる気配はなかった。先ほどまで彼らの居た場所に突き刺さるか、真横をかすめるだけであった。いや、それどころかその周囲にいる味方に当たる始末。乱戦の中、弓を使えばこうなるのは必定《ひつじょう》であったが、それにしてもたったの二騎の敵兵を始末できないとは情けないのにもほどがあった。

「おのれ、謙信め、ちょこざいな」

怒りを込めてそのように言い放つが、こちらが蹂躙《じゅうりん》されている事実に変わりはなかった。

怒りに震える将軍は、後方に控えさせていた〝決戦部隊〟であるホブゴブリンだけで構成された傭兵部隊、〝暁《あかつき》の明星〟たちを呼び出すように命じた。


俺と上杉謙信は人馬一体となって悪魔の国兵を切り裂く。謙信が剣を振り回し、敵兵の首を空中に放り出すと、俺は魔法の槍を敵に投げつけ、串刺しにする。互いに互いの背中を守り合い、弱点や隙を補い合いながら突進するその様は双生児のようであった。虚を突いた俺たちは敵陣の中を一気に数百メートルほど進むが、その勢いも緩やかになってくる。敵兵が俺たちの対処法を学び始めたようだ。接近戦を挑むような愚は犯さず、距離を取り、攻撃し始めたのである。

「敵将は有能ではないが、無能でもないようだな」

「ああ、その通りだ」

俺と謙信は互いに感想を言い合うと、陣形を変更。謙信が〝毘沙門天の加護〟によって俺を弓矢から守ると、俺の遠距離攻撃主体に切り替える。戦果は先ほどの半分以下となり、行軍速度も落ちるが、それも仕方ない。元々、たったの二騎で敵将を討ち取るような夢物語など描いていなかった。

俺の作戦は元々、敵の弓兵の〝対象《ターゲット》〟になることだったのだ。その役目を十分果たせたと思った瞬間、砦から第二陣が出立する。兼続が率いる一〇〇の精鋭だ。彼らは俺たちが作った血路を難なく進軍してくる。敵は何千もいたが、浮き足立ち、動揺しており、一〇〇の兵は難なく進軍することができた。そしてその間、砦を守っていた兵たちも攻撃に転じる。それまでため込んでいた鬱憤《うっぷん》を晴らすかのように、砦に残っていた矢や銃弾を解き放つ。それによって敵軍の動揺は最高潮に達し、兼続率いる精鋭たちは敵将の喉元《のどもと》まで迫った。しかしそこで進軍は止まる。


――敵軍の後方から〝やつら〟がやってきたのだ。


全員がよどんだ血の色の鎧を纏った集団で、屈強な筋肉と凶悪な面構えを持っていた。彼らには牙《きば》が生えており、人間の面影はない。ただ魔族でもない。彼らは魔物、その中でも亜人《あじん》に分類される集団であった。

「あれは暁の明星だな」

白銀の鎧を纏った黒髪の少女が飛んできた矢を剣で打ち払うとそのようにつぶやいた。

「暁の明星？」

「ホブゴブリンだけで構成された傭兵部隊だ。最近、悪魔のダークロードが雇った精鋭だ。金のためならばどのような戦場にもやってくる傭兵集団だな」

「なかなかに手強《てごわ》そうだ。ジャンヌたちの勢いがぴたりと止まった」

「ああ、我が上杉家の精鋭と互角以上に戦えるのはやつらくらいだろう」

「そんな伏兵を用意していたとはな。計算違いだ」

「それだけ本気で我らを潰《つぶ》したかったのだろう」

「まあ、ここは愚者の国との国境地帯、そこに独立勢力が割拠《かっきょ》されると戦略上まずいからな」

「今は愚者の国の一部だ。私は貴殿の臣下だからな」

「ありがたいことだが、それをやつらに示して国境線を敷かなければならない」

「やつらの派遣した将軍の首を取り、独立宣言書をくわえせて送り返してやろう」

「悪趣味だが、戦国の世ではよくあること」

そのように纏めると俺たちは馬に鞭《むち》を入れて兼続たちの加勢に向かった。

兼続たちが暁の明星に苦戦している理由は明らかであった。彼らの二の腕の太さは人間の三倍はあった。どのように訓練された兵でも人間の槍などすぐにはじき返されていた。人間が人間である以上、限界があるということか。兼続は必死に越後兵を鼓舞していたが、ジャンヌの聖女の威徳をもってしてもその差は覆《くつがえ》せない。兼続の召喚した陰陽道の鬼たちがなんとか彼らの猛攻を抑えているという状態であった。

俺たち二騎が参戦をしてもその状況に変化はなかった。やつらは戦場慣れしており、俺たちのような猛将の扱いに慣れていた。自分たちからは仕掛けるような真似《まね》はせず、重装備の歩兵で取り囲み、槍を構えてじっと待っていた。突撃をした瞬間、串刺しにする作戦だろう。ならば魔法で駆逐《くちく》すればいいかといえばそれもできない。やつらの後方にはゴブリンの魔術師がおり、魔法による防御陣を展開していた。

「けったいな連中だ。戦い慣れていやがる」

「歴戦の傭兵集団というのはたしかなようだ。どうする、多少の損害覚悟で突撃するか？」

「毘沙門天とて無謀な人間には加護はくれまい。しかしまごまごと手をこまねいていたら勝機を失うのもたしかだ」

「困ったものだな。――ここは撤退をするか？」

「撤退？　あの上杉謙信が？」

「名将とは引き際を知るもののことを指す。私は北条氏康の首を何度も取りかけたが、宿敵武田信玄に本拠地を突かれ、何度も本願を達成できなかった」

「たしかにそうだな。しかしそれは戦略上の話だろう。上杉謙信は戦術規模の戦いでは無敗だ」

「だからこそ一時撤退だ。敵軍は我らの精強さを知っている。容易には攻めてこないはず」

「謙信公の考え方は完全に正しい。しかし、それでは〝もったいない〟」

「もったいない？」

意外な言葉に彼女は首をひねるが、俺の言葉には〝根拠〟があった。

「このいくさは勝ちいくさだ。勝ちいくさを放棄することほどもったいないことはない。特に俺のような愚かものは勝利に飢えていてな。勝てるときに勝っておかないと」

そのように不敵に言い放つと俺は天に向かって手のひらをかざした。その手のひらから放たれるは《花火》の魔法。読んで字の如《ごと》く花火を放つ魔法だ。夕暮れどきの夜空に打ち上がる花火は幻想的で美しかった。風流を知る上杉謙信はしきりに感心するが、なにも彼女を喜ばせるために放ったのではない。無論、敵の虚を突くために放ったわけでもなかった。花火を打ち上げた理由は、ジャンヌに合図をするためであった。

悪魔の国にも決戦部隊があるように〝こちら〟にも決戦部隊は存在するのだ。

綺麗《きれい》な花火が散ったのを確認すると、俺は念話でジャンヌに向かって叫ぶ。

「聖女にして稀代の旗振り役、ジャンヌ・ダルクよ！　今こそおまえの力を発揮するときだ！」

その言葉を聞いた聖女様は「合点承知」と言ったかは定かではないが、城に籠もっていた兵士たちを率いてやってきた。ほぼ全軍であるが、浮き足立っている悪魔の国の兵が砦を奪取する心配はない。それに我らは砦を転々とする流浪《るろう》の身、別に砦を取られても困らないのである。

越後兵九〇〇を率いたジャンヌ・ダルクは浮き足立っている悪魔の兵を蹴散らしていくとまっすぐに敵将の元へ向かった。彼女は雄々しく先頭に立ち、旗を持っている。彼女の固有スキル、聖なる旗手の効果によって越後兵たちの士気は大いに上がっている。元々精強な越後兵はそれによって何割も力を増していた。虚を突かれた悪魔の軍隊はもろくも崩れ去り、ジャンヌの肉薄を許す。それを好機とみたジャンヌは自らが将軍を討ち取ることを決めたようだ。

「このジャンヌ・ダルクは神の使徒。だが、殺生はしないわけではない」

彼女が今まで目立った武勲を挙げなかったのはその機会に恵まれなかったからに過ぎない。今こそ手柄、首を挙げる好機とみた彼女は躊躇することなく聖なる旗をぶん回した。


ボゴォン！


とてつもない打撃音と共に悪魔の将軍は吹き飛ぶ。

ジャンヌの打撃が通用した理由は三つ。

ひとつ、悪魔の将軍の個人的武勇が低かったこと。彼は指揮官タイプの武将であったようだ。ふたつ、彼は酒に酔っていたこと。こともあろうに戦場で酒を飲み、酩酊《めいてい》していた。三つ、ジャンヌは意外と強いということ。スキル発動中の彼女は脳内物質を出しまくりで馬鹿力《ばかぢから》を発揮するのだ。

後頭部を思いっきり殴られた悪魔の将軍は昏倒《こんとう》し、すかさず越後兵のひとりが駆け寄り、ロングソードを振り上げる。彼は迷うことなくそれを振り下ろした。地面に転がる首、ジャンヌは臆することなくそれを掲げ、戦場で宣言した。

「オルレアンの聖女ジャンヌ・ダルク！　悪魔の将軍を討ち取ったぞー！」

そこに残虐さは微塵《みじん》もない。あるのは聖女としての誇りだった。敵将の死を高らかに宣言することで、これ以上の戦闘継続をやめさせることに目的があるのだ。頭のネジがはずれた聖女様との評判であるが、本当は心優しき農民の娘だった。

それを知っていた俺は彼女に近づくと彼女の頭を軽くなでる。ジャンヌは「えへへ」と喜ぶ。

こうして俺と謙信の二騎駆け、ジャンヌの聖女突撃、越後兵の奮闘によって悪魔の国の討伐軍を返り討ちにすることができた。その噂は瞬く間に山間の村々に広がり、彼らは正式に愚者の国への服属を求めてきた。


「あの謙信公が主と認めたお方ならば我らを導いてくださるに違いない」

「愚者の魔王は人徳に溢《あふ》れるお方、善政を敷いてくれるに違いない」

そのような堅苦しい賞賛から、

「これで明日、生きることが許される」

「生まれて初めて白いパンを食べられた」

と素朴な喜びを見せる農民もいた。

彼らの言葉の意味を噛《か》みしめる。俺は上杉謙信を取り込むことによって領土を拡張したわけであるが、それには責任が伴う。彼らを守り、食わせなければいけないのだ。無論、その責任を放棄する気などないが、それが簡単なことではないことを知っていた。

祝辞を述べてくれる上杉家の人々や村人たちを視線を移し、夜空を見上げるとこう思ってしまう。

「――どこかにこの艱難辛苦を一緒に乗り越えてくれる人材がいればいいのだが」

この一〇〇年、優秀な配下には恵まれたが、真の意味で相談のできる相手はいなかった。自分で策をひねり出し、何百、何千と自問し、最終的な決断を下してきたのだ。今後もそれは変わらないと思うが、少しだけ疲れてしまったのは事実だ。

軽く吐息を漏《も》らすが、ため息を漏らすと幸せが逃げるので、それをやめると愚者の城へ帰還することにした。

こうして悪魔の国の一部を切り取った俺であるが、それは悪魔の国との完全対立を意味した。先の四魔王会戦で戦った悪魔の魔王だが、彼はもはや俺を許すまい。近いうちに雌雄《しゆう》を決することになるだろう。こちらは愚者の国と戦車の国を接収したが、連日の戦続きで疲弊《ひへい》していた。また悪魔の国は星の国とも連携しており、その国力はこちらを上回るだろう。つまり俺は不利な戦いを強いられるということだ。そのことを参謀役であるジャンヌに話すと彼女は、

「フール様が不利ではない状況で戦ったことってありましたっけ？」

と笑ってくれた。

たしかに一度もなかったので、俺は彼女の楽観主義を分けてもらいながら馬に乗った。

第四章 湖の騎士

Dark lord of heroic rule

†

上杉家の人々にはそのまま悪魔の国の山間部に残ってもらった。今、彼らが留守になれば悪魔の国が攻めてくることは必定《ひつじょう》だったからである。

「上杉家の人々とのお別れはつらいです……」

とはスピカの言葉だが、たしかにその通りだったので共に惜しむが、元々、領主を任せられる人材を探すのが今回の旅の目的であった。そういった意味では心強い人材であったのでその点には不満はない。

そのように語り合いながら愚者の国へ帰還していると、途中の町で奇妙な男の話を聞く。

気っぷのいい宿の女将さんからこのような話を聞いたのだ。

「ちょっとあんた、知ってるかい？　この町に頭のおかしい無宿人がいるって」

無宿人とはホームレスのことだが、なにがおかしいのだろうか、尋ねてみる。

「いや、それがさ。無宿人だってのにやたら男前なんだ」

「無宿人が男前ではいけないのですか？」

「まあ、いけなかないけど、あれだけの美男子ならばどこぞの貴婦人の愛人にでもなればいいのに」

「それほどなのか」

「それほどなんだよ」

「しかも、変わりものでね。そいつは毎朝野原に花を摘みに行ってるんだ。そしてそれを道行く女性に配ってこう言ってるんだ」

女将は一呼吸置くと彼の口まねをする。

「あなたは私の淑女《マイ・レディ》ではないですか？」

キザったらしい台詞《せりふ》であるが、たしかに珍妙だった。そもそも目の前のおば――、いや、年上のお姉さんも同じように口説くのが解せなかった。無論、女性は何歳になっても女性であるが。

そのような思考を巡らしていると、女将さんはさらなる情報をくれる。

「しかも、その男。ただの無宿人ではなく、どこかの騎士様みたいなんだよね」

「どこかの騎士？　なぜ分かるのですか？」

「だって立派な鎧《よろい》と剣を纏《まと》っている。それに高貴な顔をしている」

「まあ、見た目から出自《しゅつじ》はなかなか隠せないものだしな」

人間、こぎれいな格好をしていても生まれ持ったオーラというものは隠せない。猶太人《ユダヤじん》の格言に「どんな悪辣《あくらつ》な盗賊も頭の中までは奪えない」というものがある。生まれ持ってからせっせとため込んだ教養というものは絶対、他人には奪えないという意味の言葉だ。だから絹の服を纏っていても中身が伴っていなければすぐにばれてしまうのである。おそらく、その騎士とやらも高貴な生まれなのだろう。

「――しかし、そんな高貴な騎士様がどうしてそんな奇行をされているのでしょうか」

スピカは不思議そうに尋ねてくる。

「俺《おれ》に言われてもな。騎士は変わりものが多い」

騎士という職業は融通がきかないものが多い。一度、決めたらテコでも動かないのだ。宿敵に勝つまでは立ったまま食事を取ると宣言し、三〇年間立ったまま食事を続けた騎士もいた。「主《あるじ》のために命を賭《と》して戦います」という言葉はリップサービスではなく、ただの事実なのである。そのような性格のものは世間の人から見れば奇人であろう。

そう思ったが、誰彼《だれかれ》構わず花を渡すという奇癖は初めて聞いた。直感のようなものを感じた俺は彼の居場所を女将に尋ねる。

「なんだい？　あんた、もしかしてそっちのけがあるのかい？」

女将はからかってくるが、残念ながらそっちのけはない。あるのは人材収集欲だけであった。

そのことを告げるとジャンヌは不思議そうに尋ねてきた。

「あの、フール様、もしかしてその騎士を配下に加えようとしているんじゃ」

「察しがいいな」

「これでも長年、フール様の軍師を務めておりますゆえ」

「ならば俺がこれから取る行動も分かるな」

「はい。その騎士をその目で確かめに行くのですね」

「ジャンヌは反対か？」

「まさか。フール様の深慮遠謀《しんりょえんぼう》を疑ったことなどございません。大賛成どころか協力いたしますわ」

と胸を張った。

「ほお、それは頼り甲斐《がい》があるな」

「はいな。なにせジャンヌは性女でございます」

「今、りっしんべんのほうのせいを使ったな」

「なにせ私はフール様の愛奴隷」

「そんな事実は一切《いっさい》ないが、頼りにはしている。なにせ件《くだん》の騎士は名うての女好き、おまえが目の前を通れば真っ先に声をかけてくるだろうからな」

話し合いのきっかけになる、と、笑い合うが、それは盛大な〝前振り〟であった。件の騎士がいる往来に向かうと、無精髭《ぶしょうひげ》を生やした騎士はお色気モードのジャンヌを完全に無視する。服を肩からはだけさせ、艶《つや》っぽく指をくわえてもガン無視だ。ジャンヌは意地になって露出箇所を増やすがそれでも女好きの騎士は振り向きさえしない。

騎士の前をなん往復しても反応さえ示さないのでさすがのジャンヌも「なぜにー⁉」と突っ込みを入れる。

物乞いのように薄汚れた騎士――ただしそこはかとなく気品を感じさせる騎士はジャンヌが強引《ごういん》に肩を振っても無視する。流石《さすが》のジャンヌも俺に泣きつく。俺の服の袖《そで》を引っ張りながら言う。

「フール様、あいつ頭おかしいです。もしくは目が見えてません。どうか御成敗ください」

どちらも成敗する理由にはならないので却下するが、念のため俺も声を掛ける。丁重に無視をされる。しばし顎《あご》に手を添え、騎士の様子を観察していると彼は〝女性〟が前を通ると必ず反応する。やはり女好きではあるようだ。すべてを悟った俺はポンと手を叩《たた》くとスピカを呼んできた。

「はわわ、ご主人様、なんでしょうか？」

メイド服の少女は戸惑い気味のようだ。

「君にしか頼めない仕事を見つけた。頼めるか？」

存外に真剣な俺の瞳《ひとみ》を見てスピカはすぐに「はい」と微笑む。

「わたくしはご主人様に命を救われた奴隷にございます。あなたさまが死ねと言われれば死にますし、火に飛び込めと言われるのならば飛び込みます」

冗談や誇張は一切ない真顔であった。俺が命じればその場で実行することは明白であったので、冗談でもそのような命令は言えない。だが、このようには命じた。

「今からあそこで花を配っている騎士のところに行ってくれ。そして自分の主人が話をしたがっていると伝えてくれ」

「それだけでよろしいのですか？」

スピカはきょとんとする。

「それだけで十分だ」

片目をつぶるが、納得いかないのはジャンヌだった。ちょいとお待ちを、と軽く憤慨する。

「なんだ、不服そうだな」

「不服も不服ですよ。なんであんな小娘に頼るのですか」

「小娘って君の部下だろう」

ジャンヌはメイド長でもあった。

「そうですが、スピカは私よりも明らかに色気がないじゃないですか」

「ないな」

それだけは断言できる。身体の起伏や胸の凹凸、総合的に見れば誰《だれ》もがジャンヌのほうに色気があると判断するだろう。だが、それはジャンヌが〝黙って〟いればの話であった。少しでも話せばこの聖女様の本性は顕《あらわ》になる。一言でいえば男は「清純派風ビッチ」よりも「正統清純派」のほうに惹《ひ》かれるのだ。――無論、言葉にしてそれを伝えるのは非礼であるし、その必要もないのでジャンヌには事実だけを見せる。

スピカがとことこと中年騎士の前に行くと、彼は持っていた花々をその場に落とした。そして一輪だけ残った花をスピカに突き出し、

「あなたこそが俺が求めていた花だ」


と言い放った。

中年の騎士は少年のように顔を赤くし、「君こそが俺が求めた花だ！　俺が剣を捧げるべき相手だ」と繰り返した。

いや、だからこの差はなに？　とジャンヌはきょとんとしているが、解説している暇はない。

俺はスピカに話を付けて貰《もら》うと、彼との会話に入る。

「おお、あなたがこの世界一美しいメイドの主人ですか？」

「そうだ」

「ならば話は早い。この美しい娘――」

「――スピカ」

「スピカを俺に譲ってください。俺の妻とする」

「それはできないな」

「なぜです。は⁉　まさかこの娘を愛しているのか？」

「愛しているが男女のそれではない。彼女の淹《い》れる紅茶の味は世界一なんだ。それに彼女は次期メイド長候補、城に欠かせない人材なんだ」

「むう、それではこの美しきご婦人と結婚できないというのか……」

心底残念そうに肩を落とす横で、「わーたーしー、わーたーしー」とアピールする金髪の娘がいるが、無視をする。

「失礼だが、貴殿は名のある騎士とお見受けいたす。嫁の貰《もら》い手《て》など困らないのではないか？」

「無論だ。痩せても枯れてもこの湖の騎士ランスロット、生まれてから一度も女に不自由したことがない」

「……貴殿はあの有名な騎士のランスロットなのか？」

「有名かは知らないが、アーサー王と円卓の騎士のひとりではある」

「あなたが〝あの〟」

あのを強調したためだろうか、ジャンヌが小声で尋ねてくる。

「こいつってそんなにすごいやつなんですか？」

俺も小声で返す。

「なかなかの大物だよ。アーサー王は知っているな」

「はい。四魔王会戦でちょっと戦いました」

「胆力も素晴らしいが決断力も素晴らしい。負けいくさと見るやあっさり悪魔の国を見限って逃げ出した」

「上杉謙信《うえすぎけんしん》の件といい人望なさすぎですね」

「ああ、そこに付けいる隙があるんだが、それはおいておいて、アーサー王は戦場で悪魔の王を見限って別の国に亡命していたと聞いている。円卓の騎士を率いてな」

「ありゃ、じゃあ、なんでこいつは残ってるんです？」

と問うと当の本人には聞こえていたようで、説明してくれる。

「円卓の騎士は同列だ。皆、アーサー王に忠誠を誓っているが、彼は第一人者にして指導者に過ぎない。従卒ではないのだから、どこまでも同行する気はない」

「要約すると仲違いでもしたのかな」

「違う。ただ、俺は彼の妻に恋《も》をしていただけだ」

その言葉を聞いた俺は吐息を漏らす。史実でもそうであるが、ランスロットは女好きなのだ。

それも特大級の女好きで、仕えるべき主の妻グィネヴィアと恋に落ち、騎士道との葛藤に苦しんだ過去がある。こちらの世界でもその設定を引きずっているようだ。

「つまりこちらの世界でもアーサー王との折り合いが悪かったのだな」

「――忠節を捧げるべき偉大なお方だと思っている」

「それと同時に恋敵というわけか。倫理的にはおまえさんが完全に負けだからこうして田舎町で人妻を口説いているというわけだな」

「失敬な、未婚の女性も口説いている」

ランスロットは憤慨する。それで罪が軽くなるわけではないと思うが、ともかく、誰彼構わず口説くのをやめるように諭す。

「なぜだ？　俺には女性が必要なのだ。無論、グィネヴィアにはかなわぬことは知っている。それでも彼女の十分の一でもいい。彼女に匹敵《ひってき》する女性の優しさがほしいのだ」

「それをスピカに求めるのはいいが、嫁にはやれない」

「なぜだ？」

「なぜといわれても……」

困り気味に彼女を見つめる。俺は彼女を愛している。しかし、それは女性としてではない。彼女のことはメイドとして好きなのであり、人間として好きであった。俺が愛したのはスピカと同じ顔をした大聖女だけであった。つまり彼女を束縛する権利も義務もないわけである。そのように考えていると、スピカは決心したような目で囁《ささや》く。

「ご主人さま、この騎士様はとても強いのでしょう、ならばわたし、お嫁さんになります！」

その言葉に俺はぎょっとしてしまう。まさかそんな台詞を言うとは思わなかったのだ。

「なぜだ。なぜ、そのようなことを言う」

「だってご主人さまには強い味方がひとりでも多く必要です。仲間を得るために役立つならばこのスピカの身体をご自由にお使いくださいい」

「それはできない。俺はなにかを得るために仲間を犠牲にすることはできない」

「いいえ、今こそご主人さまの御恩に報いるとき。スピカはご主人さまと出会う前は〝イット《それ》〟と呼ばれていた奴隷でした。今は毎日白いパンが食べられ、こんな綺麗《きれい》なメイド服も着られます。その恩は山よりも大きく、その慈愛は海よりも深いです」

「そんなことを気にしていたのか。俺は人、いや、魔王として当然のことを――」

そのように話しているとジャンヌが俺たちの間に入り、「はいはいー、シャラーップ！」と声を張り上げた。

「フール様にスピカ、みっともない喧嘩《けんか》はおやめなさい」

この聖女様に言われるのならば相当の痴態であったのだろう。スピカのこととなると冷静さを欠いてしまう側面があった。反省せねば。俺は「ふむ」と思案すると妙案を探すが、ジャンヌの姿を見ているとある案が浮かんだ。

「ジャンヌ、よくやったぞ」

「ほへ？」

なにを褒められたのかよくわからないが、とりあえず「あざーす」と微笑むのは素直な彼女らしかった。ちなみに俺がなぜ、ジャンヌを見てアイデアが思いついたかといえば、それは彼女が娼婦のような淫《みだ》らな格好をしているからだ。俺は売れっ子娼婦の秘訣《ひけつ》を知っていた。客を虜にするには「落とせそう」で「落とせない」状況を作り上げればいいのだ。男というものは面倒な生き物ですぐに手に入るものには興味がない。速攻で女を落とすと速攻で飽きてしまうのだ。女をひとり落とすと次に落とせる『収集品』を探しに行くというのが男という生き物なのである。だから上手《うま》い商売女は気がある振りをしつつ、絶対に「最後までいたさない」のが男を虜にする秘訣であった。要は出し惜しみするのだ。そう悟った俺はスピカを呼び出すと彼女の耳元で、

「――ごにょごにょ」

と、ささやく。彼女は「うんうん」と素直に聞くと、ランスロットの側《そば》に寄った。そしてゆっくりと手を握りしめるとこう言った。

「あ、あの騎士様」

出だしぎこちないのは彼女が役者ではないから、善人である証拠。

「お願いがあるのですが」

徐々に自然体になるのは彼女が聡明な証拠だろう。ランスロットが「なんだい？」と問うと、彼女は自然な口調でこのように願い出た。

「わたしは強い騎士様のお嫁さんになりたいかも」

「俺は世界一強いぞ」

「そうでしょうか？」

「………………」

眉《まゆ》をひそめるが、怒声を発しないのは紳士だからだろう。それに事実であることも知っているようだ。

「あなた様はCランクの英雄。つまり上に幾人もの騎士がいます。例えばあなた様の主――騎士王アーサー・ペンドラゴンさまとか――」

「アーサー王か、たしかにあの方はSランク英雄だ」

「はい。少なくともわたしはその方よりも強い方に嫁ぎたいです」

「つまり俺がアーサーを超える騎士だと認めてくれたら俺の女になってくれると解釈していいかな？」

「そういうことです」

「なるほど、我が主を超えたと証明すればいいのか……、明瞭だが困難なことを……」

「スピカ、花嫁衣装はレースをあしらったやつがいいな」

「困難を乗り越えてこそ騎士！　愛に殉じてこそ男！　いいだろう、俺は君の瞳に賭けて誓う、アーサー王を超える騎士になると」

ランスロットはスピカの前にひざまずくと彼女の手の甲に接吻《せっぷん》をし、「誓い」を立てた。

「我が名はランスロット。愚者の国のメイドのスピカに永遠の愛を誓ったもの、剣を捧げたもの。いついかなるときも俺は君を護る盾となり、君を救う剣となる。どのようなときも君の名誉を優先し、愛の守護者であることをここに宣言する」

騎士の叙任式さながらの荘厳さであるが、少なくとも一方は本気であるようだ。湖の騎士ランスロットはこうして愚者の国の、いや、スピカの騎士になってくれた。以後、彼はスピカの側をひとときも離れず守護してくれた。――ただし、愚者の国の帰り道、美しき婦人に出逢うと野花を摘んで語りかけてしまうが、

「ああ、君こそが運命の出逢いだ――」

スピカも俺も呆《あき》れるが、運命の出逢いが複数あってはいけないなどという法律はない。彼が騎士として役立ってくれる限り、解雇するつもりは毛頭なかった。ただ、少しだけ含むものを感じてしまうのはスピカに特別な感情があるからかもしれない。彼女の存在は俺の中で少しずつ大きなものになりつつあった。

第五章　馬上試合

†

上杉謙信《うえすぎけんしん》を家臣とし、ランスロットに忠誠を誓わせた俺《おれ》は、大手を振って凱旋する——ことはなかった。

上杉家を配下に加えられたことは僥倖《ぎょうこう》であったが、それと同時に悪魔の国との敵対が定まってしまったのだ。

「悪魔の国など小国ではありませんか」

と意見を具申《ぐしん》してきたのは明智光秀《あけちみつひで》であった。彼の主張いわく、悪魔の国は先日の四魔王会戦で倒した相手、国力も劣るというのだ。ジャンヌも同じようなことを言っていたがそれに間違いはない。ただ、俺はとあることが気になっていた。

「先日の上杉謙信の籠《こも》る砦《とりで》に攻めてきた悪魔の国の兵士たちの様子が変であった」

「様子が変？　それがしはその場所にいなかったのでなんともいえませんが、なにか気になることでも？」

「ああ、以前、四魔王会戦では撥《は》ね除《の》けることはできた。今回の戦いでも勝てた。しかし、やつらの軍に黒いエルフが紛れ込んでいたのは見逃せない」

「黒いエルフ？　ダークエルフのことですか？」

「そうだ。部隊の中にかなりの数の黒いエルフが紛れ込んでいた」

「傭兵として雇ったのではないでしょうか？」

「だろうな。しかし、そうなると悪魔の国は女教皇の国と手を結んだことになる」

「な、なんですと⁉　証拠はあるのですか？」

「あるさ。ダークエルフの傭兵部隊がいることそのものが証拠だ。女教皇の魔王はこの大陸各地にダークエルフの傭兵部隊を派遣している」

「そういえば聞いたことがあります。女教皇の国は小国なれど謀略の国、暗黒の森に覆《おお》われた難攻不落の地、ダークエルフが支配する漆黒《しっこく》の世界——と」

「そうだ。女教皇の国は各国にダークエルフと〝知謀の英雄〟を派遣し、生計を立てている傭兵国家。各国に騒乱の種をまき散らし、芽吹かせてはその騒乱を飯の種にしている国だ」

「そんな国が関《かか》わっているとなると厄介《やっかい》ですな」

明智光秀は「ううむ」と唸《うな》る。

「つまり悪魔の国はこのカルディアス大陸でも最も厄介な連中を味方に付けた、というわけですな」

「あるいは取り込まれてしまった、という可能性もあるな」

悪魔の国の醜態は四魔王会戦においても周知の事実である。アーサー王という英傑を配下に加えながらもなにもできなかった。そのような国の国体を乗っ取るなど謀略の女教皇には余裕であるような気がした。

「すでに悪魔の国は女教皇の国の傀儡《かいらい》と見ていいかもしれない。悪魔の国の王と国民がそれに気が付いているかは別として」

「つまり我々は二カ国と戦う羽目になるのですな」

「そういうこと。国力は互角、いや、相手が上と見ていいだろう」

「ならば我らも早急に国力を上げねば！」

明智光秀は鼻息荒く言い放つが、鼻息を荒くしただけでは国力の差は覆《くつがえ》らない。なにか手立てを考えなければいけない。老臣明智光秀もそれに同意してくれる。それに割り込んでくるのは空気の読めない軍師のジャンヌ。

「フール様、しかし、我らの勢力は依然と比べものになりません。人材も充実しています」

「たしかに軍神上杉謙信、湖の騎士ランスロットも手に入れた」

「源義経《みなもとのよしつね》もいます」

執務室の下にある中庭で、「おいっちにーさんしー」と元気よく素振りをしている女性のような男性のような少女を見下ろす。

「――武官たちは充実しつつある。しかし、謀略の魔女である女教皇と戦うには人材が足りない」

「と申しますと？」

アホ毛がぴこんとしているジャンヌを見つめる。……軍師がおまえでは勝てないと面と向かって告げるのは酷であったので、遠回しに言う。

「武官は揃《そろ》いつつある。ただ俺を知謀の面で支えてくれるものがジャンヌくらいしかいないんだ」

「ああ、たしかに。愚者の国は文官不足です」

「二宮尊徳《にのみやそんとく》は清廉潔白で質実剛健な人柄。謀略とは縁がない内政家だ」

「たしかにあいつは童貞ですからね。肝《きも》っ玉《たま》も小さい」

「軍務に詳しい人間、それも軍師タイプの人材がほしいな」

「そうっすねえ。ここは英雄召喚をしますか」

「そうしたいところであるが、なかなか英雄関連の遺物が手に入らない。それに今回はピンポイントで軍師がほしいんだ」

うーん、と三人で悩んでいると、件《くだん》の童貞――もとい二宮尊徳少年がやってきた。

「英雄召喚をするのもいいですが、今回もまた既存の英雄をスカウトするのはいかがでしょうか？」

　そういうと机の上にどさっと資料を積み上げる尊徳少年。こういう状況を見越して人材をピックアップしてくれていたようだ。やはり金髪の聖女様よりも何倍も役立つ。

　彼の用意した資料をぱっと読むと、幾人かの候補が挙がる。

　最初に目がとまったのは軍師の代名詞だった。

「諸葛孔明《しょかつこうめい》殿ですか」

　明智光秀が軍師の中の軍師の名を挙げる。

「ああ、三国志の時代、劉備《りゅうび》という怪しげな親父を蜀《しょく》の主《あるじ》にまで押し上げた鬼謀の持ち主だ。彼はその知謀によって一〇倍の国力差がある魏《ぎ》という国に果敢に立ち向かった」

「――結局負けましたけどね」

　とは二宮尊徳少年の言葉だが、我が愚者の国のコンセプトは〝負け組英雄〟彼ほどふさわしい人材はいないが、彼の所在は不明だそうな。残念である。

「彼と並び称される同時代の軍師、司馬懿《しばい》、龐統《ほうとう》もどこかの魔王に仕えている、あるいはまだ召喚されていないようだな」

「そうなると日本の軍師はどうでしょうか？　今孔明《いまこうめい》と謳《うた》われた竹中半兵衛《たけなかはんべい》や黒田官兵衛《くろだかんべい》などもよろしいかと」

　明智光秀が同世代の軍師たちを推挙するが、竹中半兵衛の行方《ゆくえ》は不明、黒田官兵衛に至っては女教皇の配下であった。

「西洋だと戦争論を書いたクラウゼヴィッツやマキャベリズムの語源のマキャベリなども候補になるのだが」

そちらも様々な理由で配下にできない。

あれも駄目、これも駄目、となるともはや打つ手はなくなってくるが、そんな折り、文官のひとりが朗報を持ってくる。

「魔王様！　魔王様！　魔王様が探し求めている人材を見つけました」

彼は愚者の国の文官のひとりである。有能な文官で、命令されたことは着実にこなすタイプだ。ただし、臨機応変には動けず融通がきかない。いわば役人タイプであった。ただ、その代わり二宮尊徳に命じられていたことはきっちりこなしていたようで、貴重な情報を俺にもたらしてくれた。

「魔王様、件の諸葛孔明という男が悪魔の国にいると分かりました」

「そんなすぐ側《そば》にいたのか」

「はい」

「ということは諸葛孔明は悪魔の魔王に支配されているのかな」

「いえ、彼もまた流浪《るろう》の英雄のようです」

「悪魔の魔王を見限ったわけか」

それは有《あ》り難《がた》いな、と素直な感想を漏《も》らすと、彼に諸葛孔明の居場所を聞いた。

「彼は悪魔の国との国境にある森で隠遁《いんとん》生活を送っています」

「なるほど、こちらでも引き籠もりというわけか」

「向こうの世界でもニートだったんですか？」

ジャンヌが尋ねてくる。

「そうだ。彼は三〇歳近くになって初めて世に出た。それまでずっと郊外の庵《いおり》で晴耕雨読の生活を送っていたんだ」

「へえ、変わりものですね」

「ああ、自分は古《いにしえ》の名将、楽毅《がくき》だ管仲《かんちゅう》だと言い張っておおぼらを吹いていたそうだよ。

——その後の実績を見ると彼らと比肩するのも間違ってはいないんだが」

「楽器だか浣腸だか知りませんが、使える人材ならばスカウトに行きましょう」

「そうだな。それがいい。さっそく、迎えに行きたいが、人選をしないとな」

「まあ、このジャンヌは当確ですよね」

「んー……」

言葉を濁してしまったのは、またこの聖女を連れて行くのに違和感を覚えたからだ。先日の旅でも終始うるさかったし……。

そのように逡巡《しゅんじゅん》していると「二回連続で我を置いていく気か！」と扉を開け放つ人物が現

れる。先ほどまで庭で素振りをしていた少女だ。彼女は上杉謙信スカウトの際に置いていかれた経緯がある。

「前回は敵が攻め入る可能性があるという屁理屈で置いていかれたが、今回は譲らないぞ。義経を連れて行ってくれ」

そのように強硬に言われると連れて行かざるを得ない。となると義経は当確として、もうひとり選ばないといけない。明智光秀と目が合うが、思慮深い彼はその目で「愚者の城にはお目付役が必要でしょう」と年長者らしい配慮を示してくれた。理知的で思慮深い武将は居てくれるだけで助かる。農政家である二宮尊徳は内政に専念させなければならないし、そうなると今回の同伴者は義経とスピカということになるか。

そのような結論を言葉にすると、異議を唱えるものが。

「麗《うるわ》しのスピカ姫が行くというのならば彼女の騎士である俺も同伴せねばな」

「あまり大勢で行動したくないのだが。それに城の守りは多いほうがいい」

控えめに不参加を促すが、騎士というのは頑固、どうしても付いていくと言って聞かない。

「はっはっは、俺さえいれば諸葛孔明などその場で捕縛してくれる」と高らかに宣言する。これはこじれるな、と思った俺はなんとか彼を城に留めようと説得するが、妙案を出してくれたのは明智光秀だった。

「武人という生き物は理論で説得しても無駄です。真心と信念を持って説得せねば」

「そうだな。武人には武人の説得の仕方がある。まあ、それに武人を連れて行くにしても、義経でもランスロットでも構わないんだよな」

それを聞いた義経は頬《ほお》を膨らませる。

「魔王殿、それは酷《ひど》い」

「それだけ君もランスロットも信頼しているということだ。甲乙付けがたい」

そのように纏《まと》めると、ここは武士と騎士らしい方法で決着を付けるように求めた。

つまり馬上試合で勝負を付けるのだ。

「勝ったほうが俺と同伴する。分かりやすいだろう」

「たしかに武人としてこれほど分かりやすいこともないな」

ランスロットはにやりと笑う。

「遺恨も残らないし、いい考えではないか」

とは義経の言葉、さすがは武士と騎士、頑固だが物分かりはいい。

「では後日、馬上試合にて同伴者を決める」

そのように宣言すると、明智光秀は馬上試合の用意を調え始めた。金はほぼ掛からないが、手間は掛かる。馬上試合用の馬、馬がまっすぐに走れる場所、手配することは多い。ただ、明智光秀は意外と抜け目のない男で、観客を集めてはどうか？　と提案してくる。

俺は己《おのれ》の顎《あご》に手を添え、「ふうむ」と唸る。

「逆落としで有名な義経と、湖の騎士ランスロットの世紀の馬上試合だ。たしかに金が取れるかもしれないな」

「裕福な商人や貴族には良い席を高値で売り、普通の席は庶民に安値で開放するのがよろしいかと」

「それで得た金を貧民の福祉に回せば国潤う」

「おお、それはすごいアイデアです」

ジャンヌも賛同する。

「ジャンヌとメイドたちには売り子をしてもらおう」

「売り子?」

「馬上試合の会場でエール酒やつまみを売るんだよ」

「おお、まるでやり手商人のようです」

「人が集まるところに商機あり、金儲けは悪いことではない」

「経世済民ですね」

二宮尊徳がにこりと微笑《ほほえ》む。

「そうだ。空席はホットドッグを買わない、という格言もあるしな」

その言葉を聞いたジャンヌは、なるほど、と野犬を狩りに行くと言い出す。ホットドッグの原材料が〝犬〟だと思っているようだ。無論、そんなことはないが、止めはしない。野犬狩りは定期的に行わなければいけないからだ。狂犬病が蔓延《まんえん》されては困る。

「犬畜生を狩るどー！」

　と勇ましく出陣するジャンヌの後ろ姿を見つめると、スピカにホットドッグの本当の材料である豚肉のソーセージの発注を頼む。彼女は愚者の城の台所を支配する陰のメイド長、市場の食肉業者と太いパイプがあるのだ。上質なソーセージを格安で仕入れてくれるだろう。ある意味、彼女は二宮尊徳のような内政の名人なのだ。

　こうして各自おのおのが準備を始める。義経とランスロットは人馬一体となるための鍛錬を始め、その間、俺は執務室で書類の山を整理する。悪魔の国へ行っていた際に溜《た》まった書類を決裁しなければいけないのだ。無論、俺がいない間に明智光秀が万全の統治をしてくれていたが、どうしても王が決めなくてはならないことが無数にあった。書類の山を見るとため息が出るが、俺はメイドにコーヒーを注文すると書類を一枚一枚を確認し始めた。丸三日、コーヒーを0・0001トンほど消費すると、書類の山はゼロになり、馬上決戦の開催の日がきた。

†

　愚者の街が華やかな彩《いろど》りに満ちる。花飾りの門、楽しげな音楽を奏でる楽隊、子供たちは冬至祭と新年が同時にきたかのようにはしゃぎまわる。風車を持ち、木刀を持って駆け回って

いる。賑《にぎ》やかであり、楽しげな光景をかき分けながら馬上試合の会場に向かう。途中、俺の存在に気が付いた民が、

「我らが魔王、フール様に栄光あれ！」

「パンとサーカスをありがとうございます！」

「その治世、万世であれ！」

という言葉を捧げてくれた。小さな少女は花冠をもって、「フール様大好き」と頰にキスをしてくれた。有り難いことであるが、ジャンヌは憤っている。

「私ですらキスをしたことがないのに。むきー、あばずれめ」

子供にまで対抗意識を燃やすのはどうかと思うが、落ち着かせながら会場に入る。会場に入るなり、歓喜と歓声の熱波が身体を包み込む。

「うぉぉぉお！」

俺を歓迎しているのではない。これから行われる世紀の試合を待ちわびていることは明白であった。

　この会場には、人間、魔族、ドワーフ、エルフ、その他亜人《あじん》、様々な人々がいるが、皆、源義経を知っていた。源氏の棟梁源頼朝《みなもとのよりとも》の弟にして、弓馬をもって平家を討伐した武人だと知っていた。また、先日から続く会戦でも八面六臂《はちめんろっぴ》の活躍をしていることを知っているのだ。

　一方、ランスロットも同様だ。人々は彼が英雄王アーサー・ペンドラゴン一の配下であり、騎士の中の騎士であることを知っていた。馬上試合では無敗を誇り、あらゆる決闘で勝利を収めてきたのだ。

　いわばこの試合、常勝の騎馬武者と無敗の騎士の決闘であった。最強の矛《ほこ》と盾《たて》の戦いであり、その勝敗の帰結は未知数なのだ。

　――そうなれば当然、賭け事《かごと》が成立する。この国では賭け事は合法だから取り締まらないが、賭け屋《ブックメーカー》たちがはじき出したオッズはどっちも二倍であった。つまり五分五分という予想だった。事実、俺もどちらが勝つかは分かっていない。なので個人的にもこの決闘が楽しみだった。

「ご主人様がニコニコしています」

　スピカは我がことのように微笑む。普段、表情が乏しい俺も少年のように紅潮しているのだろう。よく未来を見通す知謀と謳われるが、先が分からないことのほうが楽しいのだ。

　正午になったことをメイドのひとりが懐中時計を持って知らせてくれる。ドワーフ製の逸品だ。つまり一秒のずれもないということ。俺はなんの疑いもなく立ち上がると、片手を挙げ、熱狂渦巻く民衆を鎮める。俺に一目も二目もおく民衆は固唾《かたず》を呑《の》んで俺の姿を見守ると、発言を待った。

「愚者のダークロードの名において宣言する。愚者の国の国民は聡明にして勤労精神に溢《あふ》れる最良の民であると――」

嘘《うそ》偽りはない。彼らがこの百年間、黙々と働いてくれたから今の国があるのだ。

「数ヶ月前まではこの国は最弱の存在だった。しかし、諸君らの努力によって俺は二カ国の王になることができた。今やその国威は飛ぶ鳥を落とす勢いである」

大げさではあるが、虚実ではない。カルディアスにおいて今、愚者の国に注目していない王などいない。

「諸君らの努力と、奮闘によって得た国力という果実、経済の恩恵を少しでも諸君らに還元をしたい。そう思って今回の馬上試合を開催することにした」

横に控えていたジャンヌは、「同行者を決めるためじゃないんすか？」と小声でつぶやくが、明智光秀が口を押さえさせる。

「仏の嘘は方便、武士の嘘は武略、魔王様の嘘は慈愛なのじゃ」

と名言を発する。

ふたりのやりとりを横目で見ると、軽く微笑む。仲がよろしいようだ。

さて、このような前口上を発すると、民たちの熱狂は最高潮に達するが、馬上試合を行うふたりはというと緊張していた。それぞれに愛馬にまたがり、こわばっている。

――ちなみにこの試合は命のやりとりではない。義経は日本の槍を模した木の槍、ランスロットは木のランスで戦う。それぞれ『薄緑《うすみどり》』と『アロンダイト』という名刀を持っているが、それを使って決闘を行えば人死にが出ることは疑いなかったからだ、残虐な魔王ならば祭りに血を欲するだろうが、俺はこんなところで有能な部下を失いたくなかった。

（――しかし、まあ、ふたりとも本気だな）

怪我《けが》人くらいでるかもしれない。脳天気に見える義経だが、勝負事に負けるのが大嫌いな性格のようだ。もはや動向うんぬん以前に「勝つ！」という必勝の念しか見えなかった。一方、優男の女好きの騎士ランスロットも眼光が鋭かった。いつものキザったらしさが微塵《みじん》もない。

――まあ、彼の場合は試合に負けたら女性の前で恥をかく、という気持ちが強いのだろうが。

ちなみにランスロットは女好きの紳士であるが、義経のことをどう思っているのだろうか。義経は自称（?）男子であるが、見た目は見目麗しい女性だが。

そのような考察をしていると、ふたりは馬を定位置に移動させる。騎馬戦の準備が整ったようだ。

群衆も静まりかえる。

馬がいななく声が聞こえるほどの静寂、皆、固唾《かたず》を呑んで見守っているが、注目は俺の手に集まる。俺が手を振り下ろせばふたりの対決が始まるからだ。俺は最良のタイミングを見計らうが、そのときはすぐに訪れた。計ったかのように会場にトンビの鳴き声が木霊《こだま》したからだ。それが鳴き終わったのを確認すると右手を振り下ろす。それと同時に軍楽隊がラッパを鳴らした。瞬間、ふたりは同時に鞭《むち》を入れる。

愚者の国でも最高の駿馬《しゅんめ》二頭は同じ速度で突進する。馬によって差が出ないように同等のものを用意したが、その配慮は報われたようだ。この勝負は純粋にふたりの技量によって決まる。そう思ったが、そうなると勝敗の行方がなんとなく分かってきた。突進するふたりを見てそのようにつぶやくと明智光秀は尋ねてきた。

「フール殿は勝負の行方が分かるのですか？」

「ああ、互いに実力は拮抗しているが、薄皮一枚でランスロットのほうが上回っている」

「なんと！　しかし、義経殿は逆落《さかお》としで有名になった馬の名手ですぞ」

「だが、これは馬上試合だ。先に一撃を与えたほうが勝つというルールだ。西洋式の馬上試合だからな。義経は不利だ」

「たしかにそうなのですが……」

納得いかないと思っているのは同じ日本人を贔屓《ひいき》にしているからだろう。明智光秀は義経の応援を始める。

「義経殿、勝機はござるぞ。貴殿には逆落としがある」

その言葉が届いたのだろうか義経の馬は九〇度直角に動く。彼女は正面からの戦いは避け、会場に設置された壁を疾走し始めたのだ。

その奇想天外な姿を見て明智光秀は興奮する。

「さすがは日本の英雄！　南蛮人などものともしない！」

興奮気味にいうが、ランスロットは冷静に馬を反転させると、直線の勝負にこだわった。

「うぬぬ、卑怯《ひきょう》な」

「卑怯ではない。自分の有利な地形と体勢にこだわり、それに固執する。真の強者である証拠だ」

義経は壁を疾走したり、曲がりくねったり、奇想天外な動きをするが、それにランスロットが追随しないと知ると、勝負に出た。再び直線的な動きをし、彼に突撃をする。――ただし、最後は彼女らしい動きをするが。ランスロットと接近する直前、義経は馬を跳躍させた。

それを見て明智光秀は興奮する。

「おお！　それでこそ義経殿！　八艘《はっそう》跳びは馬でも健在でござる！」

史実の義経は牛若丸と呼ばれ、軽業師《かるわざし》のように敵を翻弄《ほんろう》したと聞く。それは馬上でも健在のようだ。彼女（彼？）は小柄であるゆえ、自分よりも大きなものにはどうしてもそのように対抗しなければいけないという事情もあるのだが。

ただ、その奇襲は成功したようで、ランスロットは度肝を抜かれている。――が、それでも正攻法に騎士突撃をする。彼もまたぶれない男であるようだ。この勝負、〝正攻法〟と〝奇策〟の戦いであるが、勝利の女神は〝ランスロット〟に微笑んだ。ほんの僅《わず》か、コンマ数秒の差で木製のランスが義経の胸を捉《とら》えたのだ、その衝撃のよって義経は吹き飛び馬上から落ちる。一方、義経の槍はランスロットの頬をかすめるだけだった。勝敗は明らかであった。物言いなど付けようもない。群衆は即座に、

「ランスロット！　ランスロット！　ランスロット！」

と勝者を称える。ただ、ランスロットその歓呼を素直に受け入れなかった。女性たちが黄色い声を上げているのに、無視をすると苦虫を噛《か》みつぶしたような顔をした。

そして馬上から降りると、このようにつぶやく。

「――俺の負けだ」

と。

なにを言っているのだろう。周囲のものはいぶかしがるが、その言葉には彼なりの美学があった。

「俺は顔を傷つけられてしまった。このような顔で最も愛する女性の前に立つわけにはいかな

い」

義経の槍によってできた小さなかすり傷。彼はそれを酷く悔しがっているようだ。端《はた》から見ればどうでもいいことだが、愛に生きる騎士にとってそれは恥辱なのだろう。この傷が癒えるまでスピカの前には出られない、と肩を落とす。その言葉を聞いて全員が呆《あき》れるが、一番納得がいかないのは〝負けた〟義経だろう。これでは「武士の面目が立たない」と怒りをあらわにする。ランスロットに食って掛かるが、俺が仲裁する。転移魔法によってふたりの間に割って入ると、義経をこうなだめた。

「武士には武士道があるように、騎士にも騎士道があるのだ」

「しかし婦女子ではないのだから顔を傷つけられたからといって勝利を放棄されたくない」

「それだけではないさ」

これは義経だけに聞こえるようにささやく。

「元々、この勝負おまえが不利であった。馬上試合は西洋発祥の決闘方式。それに君は馬の名手だが、日本の馬とこちらの馬は違う」

日本古来の馬は皆、小ぶりで足が太かった。こちらの世界のサラブレットのように華奢《きゃしゃ》ではない。こちらの馬に逆落としや壁を疾走させるなど、本来、不可能なのだ。それに義経は弓馬の名手であるが、槍の名手であるとは伝わっていない。一方、ランスロットは馬上試合の名人と記録されていた。つまり義経は圧倒的に不利な状況での勝負だったのだ。ランスロットは

それを知っていてあえて負けた「理由」をでっち上げてくれたのだ、と諭す。

手鏡を見てわざとらしく嘆くランスロットを見ると芝居がかっているのが分かる。

「──女性に花を持たすのが騎士という生き物なんだ。分かってやれ」

諭すように言うと、義経は納得したようで、

「──義経の性別は〝義経〟だ」

と矛を収めてくれた。

「ふん、まあいいさ。馬上試合では向こうに一日《いちじつ》の長があった。しかし、実際の戦場では違う」

「その意気だ」

そして俺は彼女の勝利を宣言し、同伴者にすることを明言した。


同伴者が決まった夜、俺の寝室のドアを叩《たた》く音が聞こえる。最初はジャンヌが〝強制夜伽《よとぎ》〟をしにきたのかと思ったが違うようだ。やってきたのは可憐なメイドさんだった。彼女は申し訳なさそうに「時間を頂いてもよろしいでしょうか？」と尋ねてきた。

ベッドに入り、小説を読んでいた俺は、それをチェストの上に置き、「どうぞ」と答えた。

「夜分遅くに申し訳ありません」

「君に対して閉ざす扉は持っていないよ」

そのように語りかけると要件を尋ねた。

「あ、あの、どうしてわたしを同伴者に選んでくれたのでしょうか？」

「なんだ、そのことか。説明したとおり、身の回りの世話を頼むつもりだが。嫌なのか？」

「滅相もありません」

ぶるんぶるん、と首を横に振るうスピカ。

「戦闘では役に立たないわたしを毎回選んでくださるのが不思議で」

「補給をおろそかにする軍隊は必ず負けるからな。素人は戦術を語り、玄人は戦略を語り、プロフェッショナルは兵站《へいたん》を語るのだ」

スピカを煙《けむ》に巻くため、軍事の格言を口にしたが賢い彼女は納得してくれなかった。ガラスのように綺麗《きれい》な瞳《ひとみ》でこちらを真剣に見つめてくる。茶化して逃げることは難しいと悟った俺は真実を語る。

「君は昔俺が愛していた人によく似ている」

「……大聖女さまのことでしょうか？」

「そうだ」

「……ご主人さまが唯一愛した女性。ご主人さまが復活させたい女性ですね」

「そうだな。彼女を復活させられるならばこの心臓を捧げても惜しくはない」

「……そのようなことをすれば大聖女さまは悲しみます」

「……だろうな。詮無《せんな》きことを言った。彼女は俺の心臓と等価にできるような人じゃない。だからこそ俺は彼女の幻影を追い求めているのだから」

「わたしは大聖女さまに似ているそうですね」

「そうだな。君のほうがやや美人かな」

気恥ずかしさを覚えたので世辞も交えたが、たしかにスピカは彼女に似ていた。姿形もであるが、その美しい心根も。同じ型でくりぬいたかのようにそっくりであったが、スピカは彼女ではないし、彼女もスピカではない。仮に同じＤＮＡを所持していたとしても魂までは同一性を保てないのだ。

だから俺はスピカを代替品などとは思っていなかった。

「――スピカはスピカだよ」

そのように纏めると俺はスピカの頭に手を置いた。髪の毛を撫でられたスピカは幸せそうに目を閉じた。

第六章　軍師を求めて

Dark lord of heroic rule

†

軍師探しの旅の面子《メンツ》は決まった。俺《おれ》とスピカと義経。この三人で探すのだが、また悪魔の国に潜入しなければいけない。今度は森林地帯におもむくわけだが、スピカは森と聞いてハイキングやピクニックを思い起こしたようだ。嬉《うれ》しそうにバスケットを用意する。おやつは銅貨三枚までだぞ、と冗談めかすが、彼女は本気にし、一回あたりでしょうか？　それとも総額？　と尋ねてきた。一回あたりと返答すると、だいたい、二週間分用意してくれ、と注文を付けた。

自信ありげに言ったので源　義　経《みなもとのよしつね》が問うてくる。

「フール殿は二週間で諸葛孔明《しょかつこうめい》を仲間にする気なのか？」

「ああ、往復で一週間、説得に一週間と見積もっている」

「一週間も口説くのか」

「ああ、諸葛孔明と言えば三顧《さんこ》の礼だからな」

三顧の礼とは諸葛孔明に端を発する言葉で、君主が三度みずから口説きに行くときに使う故事である。

「まあ、たしかに諸葛孔明ほどの人物を口説くならばそれくらい掛かるか」

ちなみに諸葛孔明は鎌倉時代の武将である義経も知っているくらいの有名人だ。蜀《しょく》という小さな国の軍師であるが、その知名度は随一だった。

「彼を手に入れれば天下が手に入る」

そのような逸話があるほどの人物だ。なんとしても手に入れなければ、と思いながら旅立つこと数日、孔明が住むと言われている森にたどり着く、なんとも奇妙な森だ。

「有史以来、人の手が加えられていなさそうだな」

そんな感想をつぶやくが、正鵠《せいこく》を射ている。先日、寄った宿場町によれば、この森には孔明以外の人間は住んでいないそうな。

「豊かな森に見えるが」

義経は素直な感想を述べる。

「この森にはファブニールと呼ばれる邪竜が住んでいるそうな」

「なんと」

「森自体、幻獣であるユニコーンや宝石獣であるカーバンクルなどもいるらしいが、ファブニールが恐ろしいので狩人自体も滅多に近寄らない」

「命あってのものだねだな」

義経はそのように纏《まと》めるが、スピカだけは納得していないような表情をしていた。スピカが俺の言葉に納得しないことなど珍しい。いや、初めてかもしれない。

「スピカ、世の中はふたつの利益《りえき》に分かれているんだ。ハイリスクでハイリターンなもの。ローリスクでローリターンなもの。ローリスクハイリターンなど存在しないのだよ」

そのように諭すが、そんなことくらいスピカも分かっているのだろう。しかしそれでもきょとんとするには理由があるようだ。彼女は白い指先で森を指差す。

「ご主人様、その滅多に近寄らない狩人があそこにいるんです」

スピカが指差す方向を見つめる。たしかにそこには狩人らしき人物がいた。蛮族のような毛皮と弓、短剣だけを纏った精悍《せいかん》な男だ。彼は森に向かう気満々のようだ。宿場町での会話を思い出す。

「時々いるのじゃよ。一攫千金《いっかくせんきん》の誘惑に駆られ、あの邪竜の森に入る無謀な若者が――」

老人はそういった若者を何人も見てきたそうだが、無事戻ってきたものはほとんどいないという。それほどまでに危険な森に向かうなど無謀である。親切心を喚起された俺は狩人に声を掛ける。

「そこの狩人、どこに行く気だ？」

俺の問いに振り向く若者——いや、中年か、精悍な顔立ちの男は逆に問うてくる。

「山登りをするように見えるかね」

「見えないな。森に入って獣を借りに行くように見える」

「ならばそうなのだろう。私はあの森に住む邪竜を狩りに行くんだ」

「命を無駄にするな」

「自分の命なのだからどのように扱ってもいい気がするのだが」

「そうだな。しかし、自分の口に剣を突っ込もうとしているものを見かけたら、せめて爪楊枝にしろとアドバイスしてやりたくなるものだろう」

「ははは、面白《おもしろ》い例えだ。邪竜討伐から帰ったら引用させてもらおう」

「そのものいいじゃ諦《あきら》める気はないようだな」

「ないね」

「理由を聞いてもいいかな」

その言葉に一瞬、思いを巡らせる人、その様は狩人というよりも哲学者のように見えた。

「……話す義理はないのだが、袖《そで》振り合うも他生《たしょう》の縁という。いいだろう。話してやろう」

彼はそう言うと森の端にある切り株に座るように促した。そこで車座になって座ると、スピカは気を利《き》かせ、茶を沸かす準備を始める。彼女が湯を沸かし、紅茶を淹《い》れ始めると狩人は語り始めた。

「俺はあの森にいる邪竜を討伐しに行く。理由はその邪竜を生み出してしまった責任があるからだ」

「なんだって⁉」

俺と義経は驚愕《きょうがく》する。

「邪竜を生み出したとはどういうことだ？　邪竜はもともとあの森に住んでいたのではないのか？」

「そうだ。しかし、毒の竜ファブニールはもともと、おとなしい性質の生き物であった。無論、獣を狩り食べるが、人間を狩って食うことはなかった」

「そうなのか」

「ああ、そうだ。あの森にも昔はエルフや人間が住んでいた。しかし、とあるふたりの軍師によってエルフや人間は駆逐《くちく》されてしまったのだ」

「とあるふたりの軍師？」

「もしかしてそのうちのひとりは諸葛孔明か」

「ああ」

「――信じられない。諸葛孔明は聖人君子――とはいえないまでも善良な人物として知られている」

「ほお、会ったことがあるのか？」

「ない。だが、記録を見ればおおよその人格は想像できる。彼は劉備元徳《りゅうびげんとく》という男を助け、蜀漢を創設した。その劉備が死ぬ際に『君にすべてを託す』といわれたほどの人格者のはずだ」

「なるほど、歴史書にはそのように書かれているらしいな」

「違う？」

「しかし、彼は劉備の子、劉禅《りゅうぜん》に忠節を尽くした。無能の代名詞である後継者に全精力を掲げて仕え、過労死するまで奮闘したのだぞ」

「なるほど、三国志という書物を後世の人間が読めばそうなるが、事実は違う。諸葛孔明は知恵が働く男であったのは事実だ。しかし彼が忠臣かどうかは別だ。彼は蜀という国を簒奪《さんだつ》することもできたのにしなかった忠臣ではない。蜀という国を裏から操《あやつ》り、己《おのれ》の思うがままに兵を動かしたかっただけに過ぎないのだ」

「……………」

「彼は自分が君主の器でないことを知っていた。だから主である劉備が国を譲ると言っても固辞したのだ――歴史書ではそうなっている。だが、違う。彼は裏から蜀という国を操り、三国の中でも最弱の蜀を率いてどこまで〝遊べる〟か、思考実験、知的遊戯に興じていただけなのだよ」

「――まさか、そんな」

絶句するがあり得ない話ではなかった。知能が高すぎるものは総じてそういう誘惑に駆られやすいと知っていたのだ。なぜならば俺自身、そのような誘惑に駆られることがあるからだ。悪魔のような誘惑に駆られ、悪魔のような謀略を用いれば、もっと楽に勝てるのではないか、そんな想像をしてしまうことがある。

例えばであるが、敵国に和議を申し込み、敵国の王が会議の場にやってきたときに捕縛、首を刎《は》ねる。そのまま混乱する敵国に乗り込み、支配する。

あるいは国内に奴隷制を成立させ、奴隷から労働の成果を搾取し、軍事費を賄う。

さすれば〝短期的〟に国家は潤い、俺の野望であるカルディアス統一に近づくかもしれない。

俺の真の目的であるかつて愛した女性、〝大聖女〟の魂の救済を成し遂げることができるかもしれない。そんな誘惑に駆られたことは一度や二度ではなかった。

「孔明は知的好奇心に囚われた狂気的軍師なのだろうか……」

逡巡《しゅんじゅん》している俺に猟師は答えた。

「それはその目で判断すればよかろう。誰《だれ》かにとっては善人でも、誰かにとって悪人ということはままある。俺の目からそう見えただけだ」

「貴殿は諸葛孔明のなんなのですか？」

「古い友人とだけいっておこうか。そんなたいした関係ではないよ」

狩人はそう言い残すと、スピカの淹れた茶を飲み干す。最後に彼は「美味《うま》かった」と礼を言って立ち上がり、森に向かった。邪竜を討伐する気のようだ。

彼の姿が消えるまで見送るが、いなくなると義経は問うてきた。

「彼を信用してもいいのだろうか？　彼の言葉が真実ならば諸葛孔明は狂気に支配された危険な人物だ」

「分からない。会って確かめなければなにも始まらないよ」

そのように纏めるしかないが、暗く沈んだ空気を明るくするため、笑顔を作った。

「ご主人さまの言う通りですよ。あの狩人さんの言っていることはあの人の見方であって、人によっては天使のような方かもしれません」

「そうだ。知的欲望で蜀という国の丞相《じょうしょう》となり、魏《ぎ》という国に立ち向かったが、結果だけ見れば存命中、蜀という国を守り続けた。国土を戦場にせず、民心を摑《つか》んでいたのだ」

「結果だけ見ればとても有能な人物だな。我が軍に欲しい逸材だ」

というわけで森に向かうが、邪竜が住まうという森は薄気味が悪かった。諸葛孔明という人物は本当にこのような場所に住んでいるのだろうか。

疑問符を抱えながら森に踏み込むが、森に入った瞬間、ぱしりと小枝を踏む。無味乾燥な乾いた音が木霊《こだま》するが、森からは生命力をほとんど感じなかった。

†

孔明が住んでいるという庵《いおり》は森の中心部にある。

それまでに邪竜と遭遇すればこちらとしては最悪の展開であるが、そのような事態にはならなかった。なにごともないまま森の中心部に到達する。

道中、一匹の獣とも出くわさなかったのが逆に不気味であるが、なにも起きないに越したことはない。

森の中心部は開けておりそこには小さな庵が建っていた。

「あそこに孔明さまが暮らしているのですね」

「そうなるな」

「ならば早速、訪ねるとするか」

義経はなにも疑うことなく、とんとん、と庵の扉を叩き、「頼もう」と言うが、そこから出てきたのは子供だった。

「この子供が諸葛孔明なのか？」

義経は驚いているが、違うようだ。彼は諸葛孔明の小間使いの少年だった。

「先生になにかご用でしょうか？」

「ご用だ。我の主《あるじ》が諸葛孔明殿を求めている」

「仕官のお話ですか？」

「そうだ」

「ならばお断りしています。我が主は誰にも仕えることなく、この森で隠遁《いんとん》生活をし、戦略戦術の研究をしています」

「そこを曲げてお願いしたい。せめて面会だけでもさせてくれ」

平身低頭に願い出ると、孔明の小間使いは庵の中に入った。「先生」と相談してきます、と言い残し数分後、戻ってくると、彼はこう言い放った。

「あなたは愚者の国のダークロードですよね？」

「そうだ」

「先生もその名はご存じでした。なかなかの実力者とか」

「そうありたいと思っている」

「知っているかと思いますが、我が主は仕えるべき主を選びます。それ相応の成果を見せてほしいそうです」

「四魔王会戦と太陽の国への勝利では足りないかな」

「足りないそうです。三顧《さんこ》の礼という言葉を知っていますか？」

「もちろん」

「我が主が出典の故事です。それを再現してほしいそうです」

「理にかなっているし、当然の要求だと思う。それで三度来ればいいのかな?」

「いえ、それでは芸がないと。フール殿には三つの試練に挑んでもらいたいそうです」

「ほお、試練とな」

「はい、そうです。孔明様はこの森で〝竜〟と戦術を結びつける研究をしています」

「らしいな」

「はい。ですのであなたにはその竜を倒していただこうかと」

「要は実験台になれ、ということだな」

「ですね」

「いいだろう。竜を倒せないダークロードがカルディアスを統一できるとは思えない」

「ご立派、それでは第一の試練を。この森の東に足無飛龍《ワイバーン》の巣があります。そこでワイバーンを討伐してきてください」

「たやすいことだ」

小僧に背を向け、東に向かうが、指定された場所に着くとそれが容易ではないと気が付く。

ワイバーンの巣に接近するとその密度に驚かされたのだ。

義経は「ううむ」と唸《うな》る。

「ひいふうみい、……ああ、もう数えるのも面倒だ」

義経はそういうと背中の野太刀を抜き放ち、特攻しようとするが、それは浅慮であった。

「あの数に正面から向かえばどのような勇者も負ける」

「では諦めて去るのか？　孔明はいらないのか」

「そんなことはしない。せめて作戦を立てる」

俺は不敵に言い放つと、義経に策を披露した。

「ワイバーンの数は一八頭だ」

「なぜ分かる？」

「魔術師を舐《な》めるな。鷹と梟《ふくろう》の目を魔法で得られる」

「便利なものだ」

「ワイバーンは下位とはいえ、竜は竜。正面からやり合うのは得策ではない。敵の分断を図る」

「おお、それはいい策だ。――しかし、どうやって？」

「ワイバーンの巣の中には雛がいる。巣の中に煙り玉を投げ込めば雌《メス》のワイバーンは救援に駆けつけるだろう」

「たしかに」

「生物の半分は雌だからな。これで九頭は分断できる。九頭ならばひとり頭四～五頭か。ならば正面から戦えるな」

「こすい手だが効果は覿面《てきめん》だ」

武士とは尋常ならざる策を講じるものだから義経はあっさり納得したが、スピカはそうではないようだ。ワイバーンにも雌雄があり、子を思う気持ちがあると知ってしまった彼女は悲しんでいる。――ここは彼女に説明すべきだろうか。ワイバーンの巣穴に人間の死体が転がっていることを。彼らは森周辺の旅人を襲う害獣でもあることを伝えるべきだろうか。俺は迷った末に伝えた。スピカは納得してくれたが、奇妙な感覚を覚えた。


（……昔の俺ならばこのような弁明はしなかっただろうに）


愚者の魔王フールは現実主義者の冷めた男だった。大聖女の魂を救済するため、がむしゃらに働き、愚者の国を発展させた。その間、他者の気持ちを思いはばかることはあったが、自分の気持ちを理解してほしいなどと思ったことはなかった。腹心である明智光秀《あけちみつひで》ですらどこか心理的な距離を置いていたような気がする。そんな中、スピカにここまで感情移入するのはどうしてなのだろうか。しばし感慨にふけるが、義経の声が俺を現実に引き戻す。

「どうした、魔王殿？　煙り玉を作ってくれないのか？」

「ああ、そうだ。今から作るから一緒に材料を探してくれるか？」

「承知」

義経は短く返答すると、森の奥に向かった。必要な材料は狼の糞《ふん》、枯れ草、枯れ枝、それにアバランチ茸だった。幸いなことにどれも入手しやすいものであった。

材料を揃《そろ》え終え、錬成を始めると、義経は不思議がる。

「枯れ草、枯れ木はわかるのだが、なんで狼の糞が必要なんだ」

「義経はのろしという言葉を知っているかな」

「義経は武人だぞ。知らぬわけがない」

「では漢字で書いてみろ」

「狼煙……、あ……」

「そういうことだ。古代では狼煙を上げるために狼の糞を用いていたんだよ」

「なるほど、知らなんだ」

へえ、としきりに感心する義経に煙り玉を渡すと投げ込むように命じる。それと同時にスピカには後方に下がるように命じる。両者、忠実に素早く実行してくれた。放物線を描き、ワイバーンの巣に煙り玉が入る。しばらくするとそこからもくもくと煙が上り始める。中にいたワイバーンの雛たちは「ギャアギャア」とわめき始める。それを聞いたワイバーンの雌は慌てて駆け寄る。その瞬間を狙《ねら》い、俺は右手に魔法の槍を作り出し、それを残っていた雄のワイバーンに投げつける。串刺しになるワイバーン。それが開戦の合図となった。義経は真っ先に駆け込むと虚を突き、ワイバーンを一刀両断にする。不意打ちを食らったワイバーンたちはそのまま次々と倒れる。雄を駆逐するのに五分と掛からなかった。残った雌を倒すのにもさして時間は掛からなかった。――雛を殺すのにも。

義経と俺は残った雛を殺すが、感情を殺す。成長すれば人を殺《あや》める魔物になると言い聞かせながらの処置であるが、どのみち、親が死んだ以上、雛は生きられない。餌を運ぶものがいなくなるからだ。ならばここで殺してやるのが慈悲というものであった。せめてもの救いはこの姿をスピカに見られなかったことだろう。

ワイバーンを全滅させると俺に戻り、孔明の小僧からこのような言葉を聞く。

「本当に全滅させたのですね。しかもあっという間に、容赦なく」

さすがは魔王です、と褒め称えてくれるが、嬉しくはない。第二の試練を教えてくれ、と頼むと小僧は〝笑顔〟で「もちろん」と教えてくれた。

「第二の試練は〝人助け〟です」

その言葉を聞いてスピカは安堵《あんど》しているようだ。彼女は争いや血が嫌いだった。ただ、孔明が課すからには一筋縄ではいかないはずだ、と俺は精神的に身構える。小僧もそれを察して「ふふっ」と笑う。

「先生が望む人助けは勧善懲悪ではありません。この森の外周部にある村、そこに行ってください。そこでは水の利権を巡って村人が争っています」

「水利権か、厄介《やっかい》だな」

俺と義経は渋面《じゅうめん》を作る。

スピカは素朴な疑問を浮かべる。

「お水ってただではないのですか？」

「まさか、とんでもない」

と小僧は首を振る。

「水というのは血よりも濃いのだよ」

俺は断言する。

「スピカは愚者の国しか知らないから、水の貴重性を知らないのだろうな。この世界には水が貴重な地域のほうが多い」

「私の生まれた村では誰でも井戸水が汲めました。愚者の城では水道があります」

「古来、争いの起源を辿《たど》れば水の利権に行き着く。村々は僅かな水源を巡って争う。水の量は作物の出来不出来に直結する」

「作物を売って生計を立てる農民の方々には重要な問題なのですね」

「そういうことだ。おそらくではあるが、小僧のいう諍《いさか》いというのは灌漑《かんがい》用水路を巡ってのものではないか？」

「ご名答です」

小僧は断言する。

「一番面倒な係争だ。たしかにこれを治めれば人助けになる」

「ええ、なるべく〝人死に〟を出さない形でお願いします」

「絶対出さないようにするさ」

そのように断言すると、水利権で争っているという村の場所を聞き、そこに向かう。

†

邪竜の森の外周部、そこには僅かながら村々が存在した。そのうちのふたつが争っているのだという。

ふたつの村は邪竜の森から流れてくる小川を灌漑用水としており、その水を利用して作物を育てているようだ。しかし、最近、その水が減っていがみ合っているのだという。また、ワイバーンなども襲来して困っているのだそうな。まあ、ワイバーンのほうは俺がなんとかしたが。

問題は水のほう。俺は両者の代表である村長に話を聞いた。

アルト村の村長はこう言う。

「この川辺に入植し、村を作ったのは我々のほうが三日早い。だから我々に権利があるべきだ」

ビアス村の村長は言う。

「川の治水工事は我々のほうが三人多くの人足を出した。我々のほうが権利がある」

両者一歩も譲らない。事実、先日もビアス村のものが自分の畑に灌漑用水を多く引き込んだということで、鍬《くわ》や鋤《すき》を持って騒乱になったそうだ。負傷者が五名も出たらしい。

このままでは死人が出る、両者分かってはいたが、水の利権はこの村に入植が始まって以来の争いの種、そうそう簡単に治まるものではない。

「少ないリソースを巡っての争いは滑稽にして愚かだな」

皮肉気味に言うと両村長は怒った。

「よそものが急にしゃしゃり出てきてなんだその言い草は！」

「よそものではない。俺はおまえたちの将来の王だ。近くこの悪魔の国を併合する」

「なんだと⁉　おまえはダークロードなのか？」

「ああ、愚者の国のダークロードだ」

その言葉を聞いた村長は驚愕する。

「あの愚者の魔王フールだと⁉」

「日の出の勢いのダークロードがなんでこんなところに⁉」

「は⁉　もしや我々を支配しに⁉」

　ざわめきが起こるが、「そうではない」と告げる。

「俺はとある隠者を配下に加えるためここにきた。無論、この地を得るつもりでもいるが、俺は悪魔のダークロードのように残忍ではない。支配ではなく統治を望んでいる」

「信じられるか。ダークロードは皆同じだ。我々を支配し、収奪することしか頭にないんだ！」


「それは違います！」


　毅然と反応をしたのはスピカだった。臆病な彼女は勇気を振り絞って言う。

「フール様は他の魔王とは違います！　慈愛に満ちていて民を愛しています！」

　気弱な少女が精一杯振り絞った声、それは村人たちの心に響く。

「ご主人さまは奴隷だったわたしに愛情と慈しみを注《そそ》いでくださいました。ご主人様は自分の贅沢《ぜいたく》にまったく関心がなく、国民から得た収入を国民に還元しています」

「そうなのか？」

　とある村人が問うと別の村人がうなずく。

「愚者の魔王の質実剛健の暮らしぶりはこの国にも轟《とどろ》いている。民を愛しむ仁政を敷いているらしい」

「しかし戦争好きな魔王だと聞いているが」

「それは違います。ご主人様は誰よりも戦争を憎んでいる。人殺しを疎《うと》んでいます」

「…………」

「人だけではありません。ご主人様はあらゆる生物を愛している。ゆえに戦争をされているのです」

「この世から戦争をなくすために戦争をしているのか？」

「そうです。綺麗事《きれいごと》だけでは争いはなくなりません。だからご主人様は戦争のない世界を作るため、この世界を統一するつもりなのです」

「戦争のない世界……たしかにそんなものを作るにはこの世界を統一するしかないが……」


「そんなものは夢物語だ！」

村人のひとりが叫ぶ。それに反応するのは源義経。

「たしかに夢物語だ。しかし夢を語れぬ王よりもずっといい」

「…………」

「この腐った世の中、夢を語らないでどうする。愚痴ばかり言って生きてどうする。そんな面白味《おもしろみ》のない世界ならば死んだほうがましだ。おまえらは死体と変わらない」

「…………」

義経の正論に村人たちは黙る。しかし、彼らにとって必要なのは明日生きることではない。今日生きるための麦なのだ。それを得るためには水が必要であった。それを知っていた俺は上空を跳ぶ鷹に魔力を送り、それを愚者の城へ向かわせると、こう言い放った。

「夢物語を聞くには腹が満たされていなければいけない。そのためには諸君らに潤沢な水を与えなければいけない」

理路整然と正論を述べると、それを実現するための方法を提示した。

「あの鷹は我が愚者の城に向かっている。俺の配下であるランスロットという騎士に宛てたものだ。数日のうちに彼は軍隊を率いてやってきてくれる。無論、諸君らを支配し、抑圧するための軍隊ではない。君たちに水を届けるための軍隊だ」

「水を運んできてくれるのか？」

「違う。それでは抜本的な解決にならない。俺が呼んだのは土木工事を得意とする魔物たちだ。巨人族が巨大な石を運び、屈強なホブゴブリンが土砂を運ぶ」

「なんと」

「さすれば数日のうちに灌漑用水路を拡張できよう。水が潤沢になれば小さなことで争わずに済む」

そのように断言するが、それは正論であった。村人たちの気が立っているのは少ない水資源を奪い合っているからだ。それらを解決すれば争いは消える。当たり前のことであったが、悪魔の国の統治者にはそのような発想法もないようだ。だからこのように民が困窮しているのだ。彼らの毛羽だった心を正常に戻すにはこの世界にも真っ当な施政者がいると教えなければいけなかった。

人は弁論だけでは動かない。行動を伴って初めて人の心は動くのである。

数日後、「麗《うるわ》しの姫君はおられるか！」と鼻息荒くやってきたのはランスロットであった。彼は愚者の城の軍隊から土木が得意なものを編成すると、即座にやってきた。明智光秀などの編成能力もあっただろうが、この短期間でひとりの脱落者も出さずにやってきたのは、彼の指揮官としての能力を示すものだろう。彼を配下に加えることができたのは光栄というほかなかった。

「麗しのスピカ姫、ランスロットはあなたのためならば土埃《つちぼこり》にまみれることも厭《いと》いません！」

ランスロットは文字通り土と埃にまみれると、にかっと白い歯を見せる。スピカは「ありがとうございます」と彼と彼の部下に紅茶や茶菓子を差し入れる。

俺の作った灌漑計画が完璧《かんぺき》だったこともあり、工事自体は数日で終わる。

出来上がった灌漑用水路は見事なもので、ふたつの村が今後水を巡って諍い合うことはないだろう。それどころか人口が二倍になっても余裕でまかなえる水量であった。村人たちは歓喜をもって俺たちの業績を称え、俺に忠誠を誓う、是非《ぜひ》この村を愚者の国の傘下に加えてくれ、と申し込んでくれた。即答したいところであるが、今現在の兵力を考えると容易に判断できない。守備兵を裂かなければ悪魔の国が報復にやってくるからだ。こういうときこそ諸葛孔明の知恵があると便利なのだが、と思った俺は、邪竜の森へ戻ることにした。どのみち二つ目の試練を乗り越えたので三つ目を聞きに行かねばならないからだ。

スピカと義経を共だって、邪竜の森へ戻るが、道中、小さな事件に遭遇する。――本当に他愛ない事件だが。

邪竜の森の途中にある小さな村で、騒動に出くわしたのだ。いや、諍いか。他愛のない喧嘩《けんか》をしている兄と弟を見つける。なんでもブリキのおもちゃの所有権を巡って争っているのだそうな。そのおもちゃは兄弟がふたり、小遣《こづか》いを出し合って買ったものらしいが、兄のほうが六割方占有していて不公平だと喧嘩になっている。しかも兄は暴力によってことを収めるタイプで、抗議を述べる弟を殴ってことを収めていた。弟はそれでも理路整然とそのおもちゃの所有権の半分は自分にもある、と主張している。愚兄賢弟の生きた見本であり、アホな兄に虐《いじ》められてきた俺はどうしても弟に肩入れしてしまう。ふたりからブリキのおもちゃを取り上げると、俺はそのおもちゃに魔力を込める。おもちゃは青白く光り、分裂する。

「すげえ」

「すごい」


目を丸くする兄弟、これで喧嘩の種がなくなる――わけもないので、兄のほうにどちらかを選ばせる。

兄は迷うことなく分裂したほうを選ぶ。弟は渋々、古いほうを選ぶ。新しいほうが得という判断が働いたようだが、それを見てスピカは軽く憤る。

「横暴な人が得をする世界は嫌いです……」

散々そのような状況を見てきたスピカの言葉は重いが、俺は彼女に希望の光を与える。

「そんなことはない。欲張りじいさんは損をするようにできている。実はあの《複製》魔法は完璧ではない」

「そうなんですか?」

「まったく同じように見えるが、それは見た目だけだ。魔力が尽きれば朽ちるようにできている」

「まあ、お人が悪い。しかし、それではおもちゃが壊れたとき、喧嘩になるのでは?」

「あの程度のおもちゃならば数年は持つさ。そのときまでおもちゃに執着しているとも思えない。むしろ、おもちゃが消え去ったことにより、自分の愚かさを思い返すきっかけになってくれればいいが」

「お優しいご主人様です」

「そうでもないさ。結局、最終的な解決は弟次第だ。まあ、賢そうだし、数年後には体格も同じくらいにはなっているだろう」

そのように落着させたが、スピカは知らない。この《複製》の魔法が、このあと愚者の国を救う決定打になることを――。

†

森の中に入ると違和感を覚える。

「変だ……」

「なにがでしょうか？」

スピカと義経は違和感を覚えていないようだ。

「最初に来たときと森の様子が変わっている……」

「具体的に言うと？」

義経が尋ねてくるが、言語化は難しい。

「いや、なにがどうとは言いにくいのだが、最初に来たときにはこの森には絶対強者がいるような威圧感があった。しかし、今はそれを感じないいんだ」

「ふうむ、言われてみればたしかに生命の息吹を感じる」

周囲を見渡すと獣がいる。鹿や猪、小鳥なども見かける。花鳥風月を感じる。

「ああ、本来の森の姿が戻っている気がする。動物たちが弛緩しているというか……」

「たしかにそうだが、それでいいのではないか？　生命の息吹を感じるのは良いことだ」

「まあ、そうなのだが、悪い予感がする。俺の悪い予感は大抵当たるんだ」

「難儀な六感だな」

義経は「ははッ」と笑うが、その余裕も孔明の庵に向かうまでであった。彼の家の門を叩《たた》くと、返事がないことに気が付く。

なにか異変を感じた義経は扉を蹴破《けやぶ》るが、庵には誰もいなかった。小僧も孔明自身もいない。

「誰もいないぞ。なにかあったのか?」

「荒らされたようなあとはない。書物も無事だ」

机の上にうずたかく積まれた書物も、本棚の書物にも一切《いっさい》手が付けられていない。この家には金目のものなどほとんどなく、物取りの犯行ではなさそうだ。

ならばなぜ、住人はいなくなってしまったのだろうか？

思考を巡らせていると、窓の外から急速に接近する物体に気が付く、真《ま》っ赤《か》な塊が急速にこちらに向かっているのだ。俺は慌てて防御魔法を張って、スピカを庇《かば》う。

「きゃあ」

スピカの悲鳴が木霊すると、窓ガラスが割れる。義経は自力で回避したが、もしも防御魔法陣を張っていなければただでは済まなかっただろう。

孔明の所有する貴重な書物が燃え上がる。焚書《ふんしょ》をなによりも嫌う本好きの俺、怒りすらこみ上げるが、本を焼いた本人はなんとも思っていないようだ。窓の外にいたのは大きな火竜であった。

「火竜の襲撃か」

「孔明殿も火竜に襲われたのだろうか？」

義経はそのような疑問を口にするが、「違う」と答えるものがいた。そのものは気配を殺し、俺に潜伏していたようだ。

「用心深い俺にすら気が付かれないとはなかなかの〝狩人〟だな」

「久しぶりだな」

と告げるは最初にこの森に入るときに出会った狩人だった。彼は淡々と事実だけを述べる。

「おまえは孔明に騙《だま》されたのだよ」

「俺が騙された？」

「そうだ。孔明は最初からおまえに仕える気など微塵《みじん》もなかった」

「……………」

俺の代わりに詰問したのは義経だった。

「それは誠か⁉　おぬしが我々を謀《たばか》っているのではないか？」

「この森に邪悪な気配がなくなったのがなによりの証拠だよ」

その言葉を聞いた俺の背中に冷たいものが流れ落ちる。

「しまった！」

「なにがしまったのだ？　魔王殿」

「この狩人の言葉は真実だ。孔明は最初から俺たちをおびき出す作戦を考えていたんだ」

「な、なんだと？」

「今、《遠視》の魔法を使って、愚者の国の国境を確認した。巨大な邪竜にまたがった軍師の姿が見えた。やつはドラゴンの軍勢を率いている」

「ドラゴンの軍勢⁉」

「やっと気が付いたようだな」

狩人は不敵に微笑《ほほえ》む。

「諸葛孔明はこの森に籠《こ》もり、戦略戦術の研究を重ねていた。この世界独特の生き物、ドラゴンをどうやって使役《しえき》し、戦略戦術に応用するか、そればかり考えていたのだ」

俺の蔵書を見る。背表紙はたしかにすべてドラゴン関係のものであった。

「天才戦略家である諸葛孔明はこの世界最強の竜を使って国を崩せないか常に研究していた」

その天才的発想に驚愕せざるを得ないが、義経は素朴すぎる疑問を発する。

「研究するのもいい。実行するのも構わない。しかし、なぜそれが我が愚者の国なのだ⁉　手近な悪魔の国から始めればいいいものを！」

それに対しては俺が答える。

「孔明は女教皇の魔王が召喚した英雄だったのだろう」

「女教皇の魔王⁉」

意外な名前に驚く義経だが、狩人はなんの反応も示さなかった。つまり正解ということだろう。

「女教皇の魔王は謀略の魔王、世界各地に間諜《スパイ》を送り込んでいるのだろう。その中のひとりが諸葛孔明だった、違うか？」

「違わないね」

狩人は即答する。

「孔明は女教皇が悪魔の国に送り込んだスパイだ。隠遁生活する賢者を装いながら、そのときがくるのを待っていた」

「そのときとはなんだ？」

「国を崩すべきその瞬間を待っていたのだ」

「だからなんで我が愚者の国なんだ?」

義経はムキになる。

「俺を脅威に感じたのだろう。俺がこの世界の覇者になるかもしれないと思い始めたからだろう」

「その通り」

と狩人は断言する。

「女教皇の魔王はこの世界に強大な勢力ができるのを阻止してきた。統一王朝の誕生を恐れているのだ」

「だから暗黒の森に籠もって各地に騒乱の種を蒔いているのか」

「そうだ」

「弱小国家である女教皇の国が生き残っているわけと、この大陸になかなか統一勢力が現れない理由が分かったよ」

「なにを悠長な」

義経が俺を叱る。

「たしかに悠長だな。さて、要約すると孔明は俺を引き留め、愚者の国が手薄になる瞬間を待っていた。そのタイミングを見計らってドラゴンの軍団を愚者の国に向かわせた。そういった解釈でいいか」

「構わない」

「悪魔の国とも連携していると思っていいかな」

「悪魔の魔王はすでに女教皇の傀儡《かいらい》だ」

「それでは同時に攻めてくると思ったほうがいいか」

「そうだ」

「おおよその疑問は氷解したが、ひとつ分からないことがある」

「なんだ？」

「一介の狩人であるおまえがなぜ、そのように事情に通じている⁉」

　狩人は不敵に弓を振り絞るとそれを俺に向けた。そして容赦なくそれを解き放つ。俺にではなく、俺の壁を破壊して俺を喰《く》らおうとした火竜の顔に矢が突き刺さる。悶え苦しむ火竜に追撃を加えると、狩人は言い放った。

「かつてこの森にふたりの軍師が共に暮らしていた、と言ったな」

「ああ、聞いた」

「ひとりは諸葛孔明、彼は三国志という時代を裏から操った鬼謀の持ち主、もうひとりは彼より前の時代、春秋戦国時代に斜陽だった趙《ちょう》の国を支え、何年にもわたって北方の騎馬民族や後に始皇帝と呼ばれる人物から国を守ってきた男」

「まさか――貴殿は――」

「そうだ。俺の名は〝李牧《りぼく》〟、初めて中華を統一した男、始皇帝が最も恐れた男、史記を書いた司馬遷《しばせん》に『守戦の名将』と書き記された男だ」

俺は驚愕の瞳《ひとみ》を浮かべる。李牧といえば春秋戦国時代後期の中でも名将の中の名将、後に始皇帝と呼ばれる圧倒的な勢力を誇る秦《しん》という国に何度も苦杯をなめさせた男だ。その実績は主従戦国随一、いや、中華の歴史でも燦然と輝いている。ちなみに彼は生涯不敗といってもいい名将だ。彼は匈奴《きょうど》と呼ばれる北方の騎馬民族との戦いに無敗を誇った。彼が更迭《こうてつ》され、後任が送り込まれると後任者は敗戦に敗戦を重ね、結局、李牧が匈奴戦線の責任者になったという。また、超大国の秦の侵攻も何度も撥《は》ね除《の》けた。秦が総勢力を掲げ送り込んだ最強の名将王翦《おうせん》も打ち破った。どのような強敵も大軍も彼を倒すことは不可能であったが、彼の最後はあっけなかった。あまりにも有能すぎたため、彼の主である幽繆王《ゆうぼくおう》に猜疑心を抱かれ、謀殺された。中華の歴史に燦然と輝く名将の死に際としてはあまりであったが、彼のような死に方をしたものは多い。むしろ、孔明のように寿命死を迎えた名将のほうが珍しい。

「李牧……まさか、そんなあなたがそんな名軍師だったとは……」

頭が下がる思いだが、彼は否定する。

「文字通り軍師〝だった〟だよ。今はしがない狩人だ」

「もしかしてあなたは自分が生み出してしまった化け物、ファブニールを討伐するためにここにやってきたのですか」

「ほう、よく覚えているな」

「森に入るときに聞きました」

「そうだ。ファブニールは元々、心優しき竜だった。俺と孔明は彼を手懐け、友人となった」

「あなたは友人のつもりでも、孔明にとっては〝下僕〟だったのではないですか？」

「……そうだ。やつにとって友人など存在しないのだよ。俺と孔明はこの森でたまたま出会った。すぐに意気投合したよ。やつの知識は無尽蔵、俺の知識欲も底がなかった。また、やつは俺を尊敬してくれていた」

「孔明はあなたよりも四〇〇年以上も後の人物、生まれた時点であなたは伝説上の人だった。憧《あこが》れの人だったはず」

李牧は「うむ」と、うなずく。

「孔明は俺を父のように尊敬し、兄のように慕ってくれた。俺が話す戦術戦略の話を子供のように目を輝かせて聞いてくれた」

李牧は目を細める。孔明との暮らしはある意味理想的なもの。同じレベルの知識と知恵を持つ男が、朝から晩まで議論を交わせる賢者の空間、中華に名だたる軍師が暮らすには最高の環境といえよう。しかし、そんな理想郷も永遠ではなかった——。

「戦術戦略を論じるうちに気が付いた。俺と彼では目指すものが違うと」

「ふたりは正反対の生き方をしていましたしね」

「そうだ」

「俺は趙と呼ばれる国にないがしろにされながらも最後まで守り抜いた。一方、諸葛孔明は蜀という国に忠誠を誓う振りをしながら、その国力を北伐《ほくばつ》と呼ばれる戦争ゲームに傾けた」

「同じ賢者でも生き方が正反対だ……」

義経は息を呑《の》む。

「最初からやつの正体に気が付いていればドラゴンを手なずける方法などともに研究しなかった。友と呼べるまでの存在になったファブニールを戦争に駆り立てたりはしなかった」

「だから自分で責任を取るためにこの森に戻ってきたのか」

「ああ、孔明と袂《たもと》を分かつことになったあと、俺はファブニールを倒すための方法を探し、カルディアスをさまよった。邪竜は不死の生命力を持っているからな」

「やっとこさそれを見つけて戻ってきたら孔明もファブニールもお出かけ中、この絶死の矢も持て余し気味というわけだ」

李牧は背中の矢筒に入っていた奇妙な矢を見せる。魔界で作られたかのように禍々《まがまが》しい形をしていた。

「それをファブニールの眉間に当てることができればあいつを殺すことができる……」

忸怩たる思い、やるせない気持ちが伝わってくる。李牧はファブニールを友と呼んだ。孔明に洗脳され、人に害をなす存在になっても殺したくないのだろう。しかし、自分の手で終わらせなければいけないとも感じているようだ。この男の正義感と道徳観がありありと伝わってくるが、彼に同情をしている暇はなかった。先ほど俺を食い殺そうとした火竜が戻ってきたのだ。

「その矢は他の竜にも特効はあるのか？」

「ある。しかし、〝二本〟しかない」

李牧は〝書棚〟に軽く視線を送りながら強調する。

「そうなると無駄打ちできないな。ファブニールへの切り札にしないと」

「ああ、火竜くらい普通の矢でなんとかなるさ」

と言うと彼は弓に普通の矢をつがえるが、突進してくるドラゴンには無力であった。先ほどは顔に命中したこと、不意打ちであったので驚いたようだが、冷静に考えればドラゴンは十数メートルの巨体、人間の放つ矢など爪楊枝にも等しい。

牙《きば》をむきだして咆哮《ほうこう》を放ちながら俺たちを喰らおうとする。巨体をなんとか俺の書斎に閉じ込もうとする。このままでは俺が持たない。それにスピカのみに危険も迫る。そう思った俺は、庵から脱出する旨を伝える。

「手放しで賛成するが、あの火竜を倒す手立てはあるのか？」

「俺はこれでも魔王だぞ」

戦術的な撤退をするのはあくまでスピカのためであった。火竜を倒すことなどわけはない。

そのように不敵に言い放つと、義経は俺唯一の弱点であるスピカを後方に誘導してくれる。以心伝心ありがたいことだ。李牧はお手並み拝見と静観している――わけではない。間断なく普通の矢を放ち続けている。彼は軍師としてだけではなく、狩人としても有能なようだ。史実で彼は北方の異民族とガチで戦い続けた。弓術などお手の物なのだろう。それにカルディアス中を旅しているときに弓という武器はとても役に立ったようだ。自衛に狩り、八面六臂《はちめんろっぴ》の活躍をしたに違いない。

李牧の援護射撃は有り難い。火竜の注意が彼に向かっている間を見計らって、呪文を詠唱する。

「絶対零度の守護者にして、虚無の振動を放つ永遠の女王よ、氷の槍に接吻《せっぷん》をし、それを我に与えたまえ！」

そのように叫ぶと、俺の右手には魔法陣が駆け巡り、温度が下がっていく。空気中の水分を氷結させて作り上げた氷の槍は、ただのアイスランスではなかった。それを証明するため、投げ放つ。

俺のアイスランスの脅威を本能で感じ取った火竜は即座に後方に跳躍し、大空に逃げるが、俺のアイスランスはどこまでも彼を追う。鷹ですら捕らえる速度で火竜を追尾すると、右の翼を切り裂き、彼から揚力を奪う。失墜しかけたドラゴンだが、強引《ごういん》に左の翼だけで地面への

激突だけは避ける。それでも地面への接吻を強いられるが。大空の支配者が大地に跪《ひざまず》く姿は滑稽であったが、いつまでも恥辱にまみれているわけではない。怒り狂った彼は雲のように這いずり回りながら俺を捕食しようと迫ってくるが、それが命取りとなった。

「氷の槍が一本だと誰が言った？」

左手にも極低温の魔力を纏わせると、即座に氷の槍を作り出し、それを大口を開けている火竜に向かって放り投げる。


「グギャアアアアアアー！」


この世の物とは思えない悲鳴が聞こえる。喉《のど》の奥を串刺しにされた火竜は地獄の底から発したような咆哮《ほうこう》を漏《も》らすと、そのまま崩れ落ちた。李牧はお見事と拍手をする。

「見事な手際だ。さすがはダークロード」

「鼻を高くして勝利に酔いしれたいところだが、いつまでもこの場に留まっている意味はない」

「そうだな。一刻も早く愚者の国に戻り、孔明を止めなければ」

「この森を抜け出し、ランスロットと合流する。

ふたりの認識は即座に一致するが、炎渦巻く庵を脱出すると、そこで義経とスピカが険しい顔をしていた。

彼女たちの周りには無数のワイバーンたちがいた。

「……二重三重に罠《わな》を用意しているのか。さすがは諸葛孔明」

「なかなかに切れる後輩だろう？」

「そうだな。しかし、それでも俺たちは突破して、愚者の国に戻らなければいけない」

「その通りだ。協力しよう」

そう言い放つと李牧は弓を振り絞り、ワイバーンを打ち落とし始める。義経は愛刀『薄緑《うすみどり》』でワイバーンを両断して行く。スピカは邪魔にならないように木陰に隠れる。四身一体の連携プレイであるが、この四人の四重奏《カルテット》は強力無比で、ワイバーンごときが何匹襲ってきても恐れることはなにひとつなかった。

†

俺たちが森で竜に囲まれている頃、悪魔の国では悪魔の「交わり」が行われていた。

ベッドがきしむ音、男の荒い息づかい、女の嬌声、男女の行為を行っているようだ。互いに熱烈に身体を求め合っているが、奇妙に冷めたように見えるのはなぜであろうか。

それは互いに互いを愛していないからかもしれない。両者、情欲はあっても愛情とは無縁の「人間性」を保持していた。

そのようなふたりがまぐわっているのは「血の盟約」を結ぶためであった。罪に満ちた有罪《ギルティ》に満ちた同盟と言い換えてもいいだろう。「女」である女教皇のダークロードは「抱かれる」ことによって「偽り」の快楽を与える。男である悪魔のダークロードは「抱く」ことによって相手を「支配」していると錯覚する。両者にとって都合のいいまぐわいであるが、小一時間ほどで終わる。男が果てたのだ。それによって「契約」は成立する。

女教皇と悪魔のダークロードの同盟が成立したのだ。

この同盟によって悪魔の国が得られたのは、女教皇の国の情報網とダークエルフの暗殺部隊であった。先日の四魔王会戦での敗戦の傷跡が残っている悪魔の国としては願ったり叶《かな》ったりの援助であるが、それらはただで手に入るものではなかった。これからは女教皇が戦略を練り、悪魔のダークロードがその戦略を実行しなければならない。そのような取り決めがされたのだ。

女教皇と悪魔の事後の会話は散文的で味気ない。男女の情愛は一切なかった。

「今、私のダークエルフの工作員たちから諸葛孔明が愚者のダークロードを引きつけることに成功したという報告があったわ」

「それは有り難いな」

「諸葛孔明が率いるドラゴンの軍団はまもなく愚者の国に入り、国を蹂躙《じゅうりん》するでしょう」

「愚者の国は日の出の勢いだが、ドラゴンの軍勢には歯が立つまい」

「それに現在、愚者の国は指導者が不在、大胆な戦略も打ち出せない。今ならば簡単に落とせる」

「だな。我が悪魔の国の主力部隊も応戦に行かせている」

「問題がひとつだけあるとしたら――」

女教皇アンナルイズはベッドサイドにある煙草を口にくわえると火を点けた。すぱぁーっと吹かす。悪魔の魔王ライナッシュは嫌煙家なので嫌な顔をしたがお構いなしだ。

「ひとつだけとはなんだ？」

悪魔の魔王は煙を不払《ふりはら》うかのように尋ねる。

女教皇は吐き出した煙にひとりの男を投影させる。そのものはアゾットの短剣と魔法によって次々とワイバーンを打ち落としていた。

「……あの小僧は」

悪魔のダークロードが苦々しげな表情をしたのはその顔に見覚えがあったからだ。

「あら、案外記憶力がいいのね」

女教皇は軽く皮肉るが、悪魔の王は「忘れるものか」と憤怒する。悪魔の国の凋落《ちょうらく》はすべてこの男のせいなのだ。

「四魔王会戦での恨み、決して忘れない」

この黒髪の人間風の魔王は昨年、悪魔の国、星の国、戦車の国の連合軍を破ったのだ。たった一国の国力でカルディアス大陸中央で名を馳せていたダークロードの軍勢を打ち破ったのである。ライナッシュはそのとき、狡猾《こうかつ》なこの男の各個撃破戦術で見事に翻弄《ほんろう》され、大量の兵を失った。そのときに虎の子の英雄であるアーサー王と円卓の騎士たちに裏切られ、上杉家の反乱に繋《つな》がっているのだから憎々して仕方ない。

地団駄を踏んで悔しがるが、女教皇に言わせればその程度の戦術で翻弄された上、英雄たちに見限られる己の狭量さを嘆くべきであろう、と思った。――無論、口に出して言ったりはしないが。なにせ女教皇は愚者の魔王と同じ謀略タイプのダークロード、愚者の魔王の能力を誰よりも評価していた。だから「諸葛孔明」という餌をちらつかせ、彼と本国を分断したのだ。今度はこちらが各個撃破する作戦を実行しているのだ。

愚者の魔王がナポレオンのガルダ湖半の戦いを再現し、三人の魔王を華麗に打ち倒したように、今度はこちらが彼を倒す番であったが、まだこの作戦は完成していなかった。

「ライナッシュ、私が描いた分断作戦は、愚者の魔王フールをどれだけの間、この地に留めていられるかに掛かっているわ」

「分かっている。そのために我が軍の主力はやつが治水工事をしている村に向かわせている」

「あらやるじゃない」

女教皇はにやりと微笑む。悪魔のダークロードを無能だと侮っていたが、なかなかどうして最低限の戦略は弁《わきま》えているようだ。ならばあとはこちらとしてはダークエルフの暗殺部隊でも派遣して混乱に乗じてフールを暗殺するだけであった。――戦況次第では悪魔の魔王も暗殺し、一気呵成《いっきかせい》に三カ国占拠するという腹案もある。女教皇の国は小国、このような機会でなければ一挙に領土を獲得できないのだ。

女教皇はベッドから降り立つと身震いする。

自分の美しき謀略が完成しつつあるこの状況に感動する。

謀を巡らし、それが完遂したときの快感は性交の快感の比ではない。

先ほどとは比べものにならないほどの絶頂《エクスタシー》を味わいながら、女教皇は愚者の魔王の死を願った。

第七章　邪竜ファブニール

Dark lord of heroic rule

†

「へっくし」

　と、くしゃみをするとスピカが心配で駆け寄り、ハンカチーフを渡してくれる。有《あ》り難《がた》くもそれで鼻を嚙《か》むが、義経《よしつね》に、

「花粉症か？」

　と尋ねられる。

「ブタクサの花粉症があるが、時期が違う」

「ならば誰《だれ》かが噂話をしているのもしれないな」

「あるいは俺《おれ》を殺したくて謀議を重ねている輩《やから》がいるのかもしれないぞ」

　冗談めかして言ったが、確かめようがないのでそれ以上、追求せず歩く速度を早める。すでに森の外周部が見えている。あと数分でこの邪竜の森を抜けることができるだろう。

「それにしてもとんでもない数のワイバーンだったな」

義経は愛刀『薄緑《うすみどり》』に付いた血を拭《ぬぐ》いながら不敵に微笑《ほほえ》む。

「それの二分の一をぶった斬ったおまえさんは最強の剣士だよ」

「そうでありたいものだ」

ちなみにこの一時間、新たなワイバーンは現れていないので、これ以上の戦闘はないと見ていいだろう。森を出たらそのまま先ほどの村に戻るつもりだった。

「直接、帰らないのですか？」

スピカが素朴な疑問を投げかけてくる。

「ああ、敵は俺の帰還を待ち構えているだろう。このまま少人数で戻れば捕縛されるだけだ」

それに――、と続ける。

「先ほどの村にランスロットと土木部隊を置いたままだ。彼らは貴重な戦力だ。みすみす置いていくのはもったいない」

なるほど、と李牧《りぼく》は納得する。

「まずは手近な戦力と合流、そのあとに後輩から孔明《こうめい》と悪魔の軍の後背を突くという作戦か。悪くない」

「守戦の名将と謳《うた》われたあなたに褒められると恐縮です。しかしまあこれは考え抜いた末というよりも、それしか選択肢がないといったほうがいいかもしれません」

「ほう」

李牧は己《おのれ》のあごひげを撫でる。

「悪魔の魔王は俺が村に戻ると知っているはず。俺を釘付けにし、各個撃破したくてたまらないはず。つまり俺がこのまま村人を見捨てられないと熟知しているのです」

「罠《わな》だと分かっている上であえて飛び込むのか」

「トラバサミの上でタップダンスを踊ることになりますが、最悪、足の一本は我慢します」

そう言い切ると村に戻り、ランスロットと合流する。彼は俺には目もくれずスピカに駆け寄るが、俺たちの真剣な表情になにかを感じ取ったようだ。

「なにか深刻な問題があるようだな」

「そうだ。まもなくこの村に悪魔の国の軍隊がやってくる」

「それは大変だ。この村には俺好みのマドモワゼルたちがたくさんいるのに」

「彼ら彼女らを守りたい。こちらの数は?」

「土木部隊として編成した兵たちが五〇〇、戦える村人を徴収すれば六〇〇かな」

即答するランスロット、軍政家としての能力も高いようだ。

「それでは可及的速やかに彼らを徴収し、武器を与え、訓練をしてくれ」

「了承した、我が君主《イエス・マイロード》」

ランスロットは短く答えて準備に入る。俺の見込んだ通り、普段は女好きのポンコツだが、やるときはやる男であった。改めて自分の目に狂いのないことを喜ぶが、己の検眼を誇るよりもやることがあった。俺は村周辺の地図を広げると、李牧にそれを見せた。

「今聞いた通りです。こちらの兵力は六〇〇、そしておそらく悪魔の国の軍勢は五〇〇〇はくだらないでしょう」

「およそ十倍か」

苦笑する李牧。

「はい。しかし貴方がいれば恐れるに足りません」

「あまり私を過信してもらっては困るのだが」

「あなたは北方の異民族や始皇帝の軍勢を何度も撥《は》ね除《の》けた英雄です。最大限、期待させてください」

「できるだけ答えよう」

李牧は自信も謙虚さも込めずに自然体で言うと、地図を指さした。

「村人は邪竜の森に避難させよう」

「たしかに今の邪竜の森はどこよりも安全だ」

「そうだ。今、あの森には邪竜もいないし、孔明もいない。竜も出払っているし、残った竜はほぼ我々が討伐した」

李牧の言が正しいと思った俺は、義経にそのことを説明し、村長に伝えるように命じた。

「承知」と素直に向かう義経。

　その後、李牧は地図をしばし見つめると、治水工事で広がった地形、それより前からある谷や崖を利用するようにと勧めた。

「ここと、ここに塹壕《ざんごう》を掘れば、三倍までの兵力を押し返せる。そしてここここに落とし穴を掘れば相手は必ず引っかかるだろう」

　李牧は彼だけが見えている光景を俺に語る。その推論は的を射ているはずなので迷うことなく採用する。

　李牧は北方の異民族と戦うとき、相手と正面切って戦わなかった。騎馬民族の機動力、攻撃力を恐れ、塹壕を掘り、終始、守勢に回ったのだ。そのときの消極的な態度を同僚に指摘され、王に上奏されて一時失脚していた時期もあった。――だが、その後、攻勢に出た同僚が戦死し、異民族にいいようにやられるようになって李牧が前線に復帰すると、また異民族を押し戻すようになったという。つまり、彼の〝守勢〟の戦略が完全に正しかったのだ。俺はそのとき王に告げ口した同僚でもなかったし、その意見を採用した無能の王にもなりたくない。彼に全面的に従うことにした。ランスロットを呼び出すと早速、塹壕と落とし穴の設置を頼んだ。彼は快く承知してくれる。そもそも彼らの本業は土木工事なのだ。

「これで多少の劣勢は覆《くつがえ》せるが、一〇倍もの相手を倒すのは難しい」

「それだけで勝てるとは思っていません。僅《わず》かばかり時間を稼げればいいのです。敵を殲滅《せんめつ》させる策は俺が用意します」

そう言うとスピカにペンと紙を用意させる。手紙を書くのだ。ランスロットは「マドモワゼルへの愛の手紙かな」と茶化すが、似たようなものであった。

「女性に送る手紙だ。ただし、〝愛〟についてではなく、〝義〟について触れてある」

そのように返答すると、さらさらと書き終え、上空を飛ぶ鷹に目を付ける。魔法によって鷹の意思を奪うと、腕に舞い降りさせる。鷹の足に書状をくくりつけると、大空に舞わせる。

「誰に送るのだ？」

李牧の疑問に簡潔に答える。

「この世界で最も義に篤《あつ》い女性かな」

そのように断言すると、俺たちもランスロットと共に土木工事に加わった。悪魔の軍勢がやってくるよりも先に準備を整えておきたかったのだ。

李牧は「塹壕」掘りの名人、それに俺には強力な魔力もある。巨人やトロールなどの力もあり、通常の三倍の速さで工期を終えると、斥候《せっこう》から悪魔の軍の先発隊がやってきた報告を聞いた。

先発隊は完全に構築された防御陣地を見て腰を抜かしているようである。まさか数日でこのようなものができるとは思っていなかったのだろう。スピカに紅茶を注《そそ》いでもらうと焦《あせ》る彼らを悠然と見つめる。

彼らを見下ろしながら俺は不敵に言い放つ、

「さて裏で蠢《うごめ》く女教皇さんの実力を見せてもらおうか」

俺はこの時点で真の敵は諸葛孔明《しょかつこうめい》でも悪魔のダークロードでもなく、〝女教皇〟であると熟知していた。

†

悪魔の軍の先発隊は俺の防御陣地の鉄壁さに恐れをなしたが、悪魔の王に敵を見つけ次第、殲滅せよ、と厳命を受けているのだろう。躊躇《ちゅうちょ》しつつも突撃してくるが、それらは李牧によって完全に防がれた。李牧は人間たちから狩りの経験のあるものを集めると弓兵部隊を組織し、彼らと共に防御陣地に突進してくる兵を散々に射殺《しゃさつ》した。

李牧自身も一線級の射手で百発百中の精度を誇りながら的確に敵兵を撃ち殺していった。

その光景を見た悪魔の軍の第二陣は遠距離中心の陣形を組み、亀の甲羅のように固まる俺たちをなぶり殺そうとするが、俺は最適のタイミングを見計らって右腕を振り下ろす。ランスロットの攻撃部隊を突撃させたのだ。巨人族、トロール、ドワーフなどの重装備の重厚長大な部隊を率いて突撃する湖の騎士、彼は勇敢で力強い彼らの先頭に立ち、敵の弓兵や魔術師を切り裂いていく。

ランスロットの凄《すさ》まじさは、常に敵に胸を晒《さら》し、味方に背を向けるところだろうか、彼は常に最前線、敵の刃《やいば》に身を晒した。文字通り剣林弾雨《けんりんだんう》の中、剣を振るう。しかも彼の恐ろしいところは矢を三本被弾していたことだ。肩と足にそれぞれ矢が突き刺さっていた。そんな中痛みをまったく感じさせない涼やかな顔で敵を斬り殺している。

（……さすがは円卓の騎士でも最強と謳われた男）

このものを配下に加えることができたのは伝説のアーサー王と俺だけだと思うと、僥倖《ぎょうこう》で神聖なことのように思われた。そのように幸せを噛みしめるが、ランスロットの無双も永遠には続かない。敵の第三陣が現れたのだ。今度の敵は魚鱗の陣形を取っており、我々を数で圧殺するつもりのようだ。相手の数は一〇倍、損害を物ともせずに攻められればこちらが不利であった。俺は義経を出陣させ、突撃をさせるが、それも一時的な処置にしか過ぎなかった。今の俺がすべきなのは「耐える」こと。ともかく、一秒でも長く相手を引きつけ、〝援軍〟がくるのを祈るのが俺の仕事であった。

今は優勢ではあるが、このままでは「負ける」というのが俺の結論なのだ。

「最強にして不敗のご主人様が負けるなんて……」

スピカは絶句するが、彼女には本音で話す。

「俺が今まで負けなかったのは自分よりも弱い相手と戦っていたからだよ」
「ならば今回も。悪魔の魔王さんは一度、ご主人様が倒しています」
「あのときは敵を分断し、優勢な形で戦えた。今は逆だ。こちらが分断され、包囲されつつある」

見れば防御陣地の周りは敵兵で満ちていた。敵の包囲網はもうすぐ完成するだろう。あと数刻もすればこちらの勢いは完全にそがれ、包囲殲滅陣が完成する。俺にはその未来がありありと見えたからゆえの発言であるが、勝機がないわけでもなかった。先日放った鷹が〝目的地〟に到着したのは確認済みだ。あとは〝彼女〟がどう決断し、どう行動してくれるかであった。それにすべてが掛かっているわけであるが、彼女の武力は俺の生命を全額賭《か》けるほど信頼が置けると思っていた。ゆえに果敢に味方を鼓舞し、時間を稼ぐ。李牧には亀のように丸まって貰い、ランスロットには獅子奮迅《ししふんじん》の働きをしてもらい、義経には果敢な突撃をしてもらっていた。俺は彼らが十全に活躍できるよう後方から的確な指示を飛ばすが、いつまでも軍師役に徹することはできないようだ。義経が指揮していたオーク部隊の一角が切り崩される。あそこから切り込まれれば李牧の防御陣地にも侵入され、戦線は一瞬で崩壊するだろう。

それだけは避けたかった俺は督戦はやめ、ひとりの武人となる。両手に大きな火球を作り上げながらそれを投げ放ったのだ。俺の特大の火球は悪魔の軍勢を燃やし、彼らの侵攻を一時的に抑え込んだ。ただ、敵も去るもの、それで諦《あきら》めることはなく、断続的に攻撃を加えてくる。

今が勝負どころだと分かっているようだ。やはり今の悪魔の国のバックには優秀な戦略家が控えているようだ。

(――謀略の女教皇のダークロードか)

今まで戦った魔王は皆、武人タイプの脳筋ばかり、御し易いタイプばかりであったが、今回は一筋縄ではいかないようだ。そのように思っていると竜巻のようにこちらの兵を蹴《け》散らしながら突撃してくる姿が見えた。巨大な樫《かし》の木をそのまま根本として振り回す、武人タイプのトロールがやってきたのだ。彼の圧は凄《すさ》まじく、即座に接近を許す。

巨大な樫の木が俺の頭上に落ちるが、俺はそれを残像でかわす。魔力を伴った俺の残像は無惨に四散するが、俺は無事であった。ただ、敵トロールは攻撃を緩めない。そのまま横凪《なぎ》の攻撃が来る。それは身体能力だけでかわすが、周囲にいた護衛兵は無惨に吹き飛ばされる。

ぼきり――。

部下の背骨がへし折れる音を聞くのは不快であった。しかし、このトロール、存外に強く、俺はなかなか反撃するいとまを貰えない。その間、次々とやられる仲間たち、このままでは俺が無事でも俺以外の兵が駆逐《くちく》されていくのは間違いなかった。これは腹を括って倒すしかないと悟った俺は全力を持って叩き潰《つぶ》すことにした。

「魔力を残しておきたかったが……」

出し惜しみするものはとことん出し惜しみする守銭奴な俺、切り札は最後まで取っておきたい小賢しい俺であるが、そうも言っていられないようだ。凶暴なトロールと対峙《たいじ》するため、呪文を詠唱する。

「虚空にして無限の空間を彷徨《さまよ》いし、星々のひとつよ。
原初の芥《あくた》にして生命の根源である貴様に命じる。
その軌道を変え、この天地を揺るがしたまえ！」

古代魔法言語を詠唱し終えると、大気が振動し始める

ドドド、ドドド、と。

空気を震わせるのは大空のさらに上、宇宙と呼ばれる空間から軌道を変え、この世界に向かう存在だった。その存在は大空に広がる雲を切り分け、大地に突き刺さる。

「メテオ・ストライク」

俗に隕石《いんせき》落としと呼ばれる魔法。攻撃魔法の中でも最上位と呼ばれる魔法で、これを使うことができる魔王は二二人の中でも限られる。俺はその数少ないうちのひとりであるわけだが、俺の呼び出した隕石は最小のものであった。オークの頭部ほどの大きさだろうか。しかし、それだけの質量のものでも宇宙から加速してやってくればそれはとんでもない威力を秘める。この魔法に満ちた世界でも質量と速度が自乗した攻撃は有効なのだ。

圧倒的速度で突き刺さる隕石、その破壊力を察していた俺はあらかじめ部下を撤退させていた。俺は爆心地の中心を敵陣に定めるとそこに隕石を落とす。

圧倒的な爆発音、灼熱の炎に衝撃波――。

その威力は凄まじく、三〇〇の兵は瞬時に蒸発し、その倍は負傷させただろうか。爆心地近くにいた俺であるが、トロールの巨体を盾《たて》にし、熱と衝撃を遮《さえぎ》る。この合理的な防御法は正しく、多くの敵兵を葬り去ると同時に厄介《やっかい》なトロールの背中を炭化させた。――しかし、それでも目の前の化け物は俺の想像の上をいく。背中が焼け焦げても俺に攻撃を加えようとしたのだ。更にいえば一〇〇〇近い兵士を行動不能にしたが、敵兵はまだ三〇〇〇近く残っていた。さらなる増援もあるようだ。つまり俺の最後の切り札は勝利には繋《つな》がらなかった――わけではない。俺の抵抗は、〝彼女〟を増援を間に合わせるのに一役買ったようだ。

爆発によって混乱している敵、その後方からやってきたのは、

「毘」の旗を掲げる一行であった。

「あ、あれは⁉」

部下のゴブリンが叫ぶ。当然だ。彼は味方が現れるなどとは思っていなかったのだから。

──俺自身、ここまで早く現れるとは思っていなかった。

ゆえに自分にも言い聞かせるような口調で説明する。

「あれは上杉謙信《うえすぎけんしん》率いる越後兵だ。俺の要請に応じて悪魔の王の後背を突いてくれたようだな」

「し、しかし、早すぎます。このような神速《しんそく》で現れるなんて……」

「驚くような速度だが、不思議ではない。上杉謙信は手取川《てどりがわ》の合戦で織田家を散々に打ち破ったとき、能登の国から加賀の国に一夜で現れたという」

当時、能登の畠山《はたけやま》氏と戦っていた上杉謙信、織田家の猛将柴田勝家《しばたかついえ》はこれみよがしに加賀へ侵攻したが、上杉謙信は能登畠山氏をあっという間に下すと、神掛かった行軍速度で手取川を渡河中の小竹に襲い掛かったという。その結果、当時最強を誇った織田家は脆《もろ》くも崩壊し、北陸から勢力を失った。上杉謙信はこちらの世界でも〝それ〟を再現してくれたにすぎない。

(それにしても最速、最良のタイミングで現れてくれたものだ)

内心、一番ホッとしているのは俺かもしれない。なにせもう少し到着するのが遅かったら、こちらが包囲殲滅されていたかもしれないからだ。そうならずに済んだことはすべて〝彼女〟のおかげだった。

毘沙門天《びしゃもんてん》の加護を受けながら、先陣を切る白い鎧《よろい》姿の女性を見つめる。

彼女は自然体で剣を振るっていた。

「在中戦場」

血と剣林弾雨の戦場こそが彼女の在るべき場所のように思えた。

愛刀『山鳥毛《さんちょうもう》』を振り回すたびに、敵兵の首が飛び、四肢がちぎれる。だが不思議と彼女の白亜の鎧が血にまみれることはない。これも毘沙門天に愛されたものの特権だろう。なにものも彼女の神聖性を侵すことはできないのだ。

そのように結論づけると、上杉謙信は敵陣を切り裂きながら一直線に俺のもとまでやってきて、トロールの首を刎《は》ねる。丸太のように野太い首だったが、彼女の前では小枝のようにか細く見えた。軍神の前では悪鬼のようなトロールも子羊に見える。

そのように評すと、

「愚者のダークロード一の家臣、上杉弾正少弼輝虎《だんじょうしょうひつてるとら》、悪魔の軍の大将首をもらったり！」

毅然と叫び放った瞬間、勝敗は決まった。彼女は行き掛けの駄賃のようにすでに悪魔の国の大将も討ち取っているようだ。それで悪魔の国の侍大将ともいえるトロールも討ち取るのだから、文句のつけようがない。彼女はまさしく軍神であった。

戦場を見渡せば大混乱に陥《おちい》っている悪魔の軍を綿密な采配で駆逐している少年もいる。軍神だけでなく、一流の軍師までおまけで付いているのだからということはなかった。しかし、彼ら彼女らだけに武功を独占させるのも魔王の沽券《こけん》に関《かか》わる、ランスロットと義経、それに李牧も殲滅に加えさせると、俺もアゾットの短剣を掲げ、掃滅戦に加わった。

二時間ほど戦うと、敵は完全に戦意を失い、投降するか逃亡するかの二者択一を迫られた。

義経は逃亡するものを追おうとするが止める。

「無駄だ、やめておけ」

「しかし――」

と反論するのは彼女が戦略家ではなく、戦術家である証拠だろう。理路整然と説明する。

「俺たちの戦いはここで終わるわけじゃない。このまま軍を再編成して愚者の国に戻るのだ。士気を失った敗残兵がどこに行こうと知ったことではない」

その言を聞いた李牧は「ほう……」と感心する。

「なかなかの器の魔王様ですな」

「効率のいいほうを選んでいるだけだよ」

「ならば投降兵はどうします？」

なにげない質問だが、李牧の瞳《ひとみ》に真剣なものを感じた。それで思い出す。かつて彼が仕えていた趙《ちょう》という国で大虐殺があったことを。隣国の秦《しん》と呼ばれる大国に侵攻された趙は大敗を喫し、二〇万の兵が捕虜となった。しかし二〇万もの兵を養えない秦はその兵をすべて〝生き埋め〟にした。二四〇の少年兵以外、すべて殺したのである。

あるいは俺も投降した兵を一カ所に集め、《地震《アースクエイク》》の魔法を使えば同じことができるだろうが、そのようなことはしない。投降した兵も武器を奪い解放する。その処置を一番驚いたのは解放された本人たちだろう。殺されると思っていた彼らはなんとも言えない表情をしたあと、このようにささやき合った。

「愚者のダークロードは王としての器が違う」
「悪魔のダークロードならば我らは皆殺しにされていた」
「それどころか今、おめおめと悪魔の王のもとへ帰還すれば我々は殺される」

敗北イコール死、敵に投降する軟弱な兵士に人権などないのが悪魔の国であった。そんなおりにこのような度量を見せられれば、心が傾くものも多かった。とある部隊長が控えめに申し出る。

「愚者のダークロードよ。あなたに投降した我らに帰る場所はない。よければなのだが、我らを貴方の傘下に加えてくれないだろうか？」

俺はじっと部隊長の顔を見つめると、即答した。

「こちらとしては有り難い限りだ。君らを愚者の国の兵隊として快く迎え入れる。待遇は愚者の国と同列であると約束しよう」

その言葉に耳を疑ったのは源義経だった。

「な、本気か？　魔王殿、このものたちは先ほどまで敵だったのだぞ？」

「だが、今は味方だ」

「敵の本体と戦っているときに裏切られたらどうする？　負けるぞ」

「そのときはそのとき。天が俺を見放したということだろう」

「あまりにもいい加減すぎる」

義経は怒るが、李牧がそれをなだめる。

「義経殿、フール様の決断に異を唱えてはいけません。古来、天下を取る名将は度量が深いもの。ましてフール様はこのカルディアスを〝支配〟しようとしているのではなく、〝統一〟しようとしているのです。その偉業を成し遂げるのに愚者の国の人材だけで可能だと思っているのですか？」

その言葉は狩人ではなく、軍師のものであった。義経は猛将であるが、頭が悪いわけではない。俺の深慮遠謀《しんりょえんぼう》、それと徳を感じ取ると、素直に謝罪し、俺の決断を歓迎してくれた。こうして俺たちの軍は三〇〇〇近くに膨れ上がった。今、愚者の国に侵攻している総兵力が八〇〇〇、愚者の城を守る兵が五〇〇〇ほどであるから、数の上では互角であった。迫る側には三倍の兵力が必要という法則を考えるとこちらが有利に思えるが、敵は切り札ともいうべき〝竜〟の軍団を所持していた。

†

愚者の国と悪魔の国の国境を守るは聖女ジャンヌ・ダルク。彼女は一〇〇〇の兵を率いると、国境の要害である砦《とりで》に籠《こ》もった。主《あるじ》であるフールからは、無理をするな、と再三注意されているが、ジャンヌとしてはここで活躍をし、フールの寵愛を受けておきたい。さすれば御褒美で夜伽《よとぎ》をしてもらえるかもしれないと胸がウキウキするが、その高揚感も数日しか持たなかった。悪魔の軍勢五〇〇が現れると、あっという間に砦の門扉を破壊されたからだ。

たったの半数以下の兵に砦の門を破壊されたのは、ジャンヌが無能だからではない。優秀な補佐官も付けてもらっているし、いくさに通じている武官の意見も聞き入れ、最良の迎撃態勢で挑んだ上に数日で侵入を許してしまったのにはわけがある。

ひとつ、悪魔の軍の先陣には巨大な竜がいたからだ。――ファブニールと呼ばれる邪竜は分厚い門扉を薄板でも砕くように破壊した。

ふたつ、同時に上空からも攻撃を受けた。火竜や飛竜など、機動力の高い竜が入れ替わり立ち替わり炎の息を吐き、ジャンヌを翻弄《ほんろう》した。

みっつ、彼らを操《あやつ》る諸葛孔明《しょかつこうめい》の采配が絶妙だった。彼は天才軍師の名に恥じない巧妙な動きを見せ、ジャンヌの裏を突きまくった。


このようにして愚者の国でも有数な砦をたったの数日で落とされたジャンヌ。「これではフール様にお見せする顔がない」と嘆くが、それでもこの場に留まり、自決する気にはなれなかった。それではフール様に抱いてもらうという本願も成就できなかったし、さらにいえば戦略的にも愚者の国が不利となり、愛するフール様を苦しめることとなる。ジャンヌは冷静に脱出路を確保すると、整然と逃げた。

部下と共に安全圏に到達すると、後方を振り返る。もくもくと煙が上がる砦。砦はあっという間に占拠され、敵軍の手に落ちた。悔しいという感情も湧《わ》き上がるが、それ以上に恐怖も湧《わ》く。

「愚者の国でも有数の砦がこのざま、愚者の城まで数週間も掛からずに到達されてしまうかもしれない」

そのとき、自分たちは彼ら悪魔の軍勢に対抗できるだろうか。この圧倒的な圧に耐えることができるだろうか。それが心配になってしまったのだ。ジャンヌはごくりと生唾を飲むと、急いで愚者の城に帰還した。

愚者の国の砦を最短で落とした諸葛孔明は、面白《おもしろ》みのない顔で砦の執務室へ向かった。用兵家としての妙を示した孔明であるが、このようないくさ、勝って当然だと思っていたからだ。こちらには最強の生物であるファブニールがおり、その他多くの竜を従えさせている。いわばカルディアスでも最強の攻城兵器を所有しているのだ。むしろ、砦に籠もられたほうが戦いやすかった。ただ、感傷がないわけでもない。前世では魏《ぎ》という国を討つため、北伐《ほくばつ》を繰り返したが、そのとき得られたものはほぼなかった。あのときの司馬懿《しばい》との知恵比べは楽しきゲームであった。そのように思っていると、執務室へ入ってくるふたりのダークロード、孔明はとっさに頭を下げる。うちひとりが孔明の召喚者だったからだ。

ふたりのダークロードは上座に座ると孔明の功績を称えた。

「ふははは、さすがは諸葛孔明、その手際、見事！」

武人タイプである悪魔の魔王は鷹揚《おうよう》に孔明の功績を称える。

「ふふふ、さすがは諸葛孔明ね。二〇年も潜伏させた甲斐《かい》があるわ」

妖艶に微笑むのは主である女教皇の魔王。

どちらも孔明を褒め称えるが、孔明は一戦の勝敗で喜怒哀楽を示す馬鹿馬鹿《ばかばか》しさを知っていた。

「緒戦《しょせん》はこちらが有利に運びましたが、まだ勝敗が決したわけではありません。ご留意を」

悪魔のダークロードはそれをつまらぬ謙遜と受け取ったのだろう。「面白みのないやつだ」と思ったようだ。やはりこの男には器量というものがない。一方、女教皇は熟知しているようで貴重な情報をくれる。

「今、《遠視》の魔法で悪魔の国の様子を見たわ。愚者のダークロードは我々の軍勢を撥ね除け、さらに一部を手駒に加えたみたい」

「なんだと⁉」

その報告に怒髪天《どはつてん》を衝《つ》く。

「あのような若造に負けた上に、その傘下に加わっただと⁉　許せん！　俺みずから首を撥ねてやる！」

「血気盛んなのはよろしいですが、対策を考えねばなりません。このまま我らが愚者の城へ向かえば、挟撃《きょうげき》される形になります」

「……ううむ、それはよくないな」

無能であるが、挟撃される恐怖は分かっているようだ。なのでふたつの策を献上する。

「我らに取れる策はふたつあります」

「聞こうか」

偉そうに尋ねる悪魔の王。

「このまま直進し、愚者の城を突く戦法です。最短最速で城を奪い、そのまま城に籠もって敵軍を迎え撃つ」

「ふむ、悪くない」

「もうひとつは愚者の城攻略を諦め、平原に兵を集中させます。そしてそこを戦場と定め、敵軍と雌雄《しゆう》を決するのです」

「前者のほうがよくないか？」

「最短最速で落とせるのならばそれもよろしかろう。ですが、砦と城は違う。むろん、我が竜の軍団があれば必ず落として見せますが、砦のようには行かない」

「まごまごしていると挟撃されるというわけか」

顎《あご》に手を添え、考え始める悪魔のダークロード。

「平原で雌雄を決する利点は？」

「兵数はほぼ互角、竜の軍団を加えればこちらが有利です。正面から戦っても有利です」

「なるほど、容易に倒すリスクを取るか、確実に倒す方法を取るか、の違いか」

「左様です」

悪魔のダークロードはやっと理解したが、悩んでいるようだ。孔明は軽く女教皇に目配せする。彼女はそれで意を察したようだ。

「ライナッシュ、あなた、なにを悩んでいるの？」

「どういう意味だ？」

「あなたほどの武人ならば安定よりもリスクを取るべきだわ。敵の城を最短で奪取し、そのまま愚者のダークロードの帰る場所をなくせばいい。そうすればあなたはカルディアス一の名将と称えられるでしょう」

「……なるほど、たしかにそうだ。俺としたことが些事《さじ》に悩んでいたようだな。こちらには竜の軍団があるのだ。負けるはずがない」

そのように意気揚々と叫ぶと、悪魔の王は侍女に酒を持ってこさせた。

「さっそく進軍させるが、その前に前祝いだ。俺は愚者の城を最短で落とした魔王として後世に名を馳せる。俺こそがこのカルディアスを最初に統一する英雄王だ！　俺こそがこの世界の支配者だ!!」

がっはっは、と笑う悪魔のダークロードを見て、女教皇と諸葛孔明は心底侮蔑《ぶべつ》の感情を抱いたが、それを表情や言葉に出すような愚かなことはしなかった。

†

愚者の城の前に広がる軍勢、その数は八〇〇〇。それを城の頂上から見下ろす明智光秀《あけちみつひで》と二宮尊徳《にのみやそんとく》は、

「いや、壮観かな、壮観」

と笑い合った。ここまで見事に包囲されると笑いしか出てこないということもあるが、光秀は武人、大軍とまみえるのは本懐でもあった。

「槍衾《やりぶすま》とはこのことだ。戦国時代を思い出す」

「このカルディアスもまさに戦国の世です。フール様がその先駆けとなっています」

「そのまま天下統一してほしいが、そのためにはフール様が戻ってくるまで耐えなければ」

そのように協議していると、ジャンヌが帰還してくる。彼女はボロボロの格好をしていたが、テヘペロをすると、「いやあ、負けた負けた」と悪びれずに言った。傷もあるが、悲壮感は一切《いっさい》ない。光秀は思わず苦笑してしまう。

「おぬしのように負けっぷりがいいおなごは珍しい」

「まあ、負けたもんはしょうがないっしょ。兵もできるだけ温存できたし、ここで再起を図るわ」

「頼もしいわい。ここで悲壮感を出されたら堪らない」

「悲壮感？　なんでそんなものを。私たちはフール様が戻ってくるのをただ待てばいいだけ。数日、持ちこたえればフール様が戻ってきて敵を一掃してくれるもの」

「その通り。我らに取れる戦術はその一点のみ。フール様が帰還するまでこの城を守り抜くこと。さすれば勝利は見えてくる」

「ただ、それが難しいのですが……」

二宮尊徳が吐息を漏《も》らすと同時に、城の上空に火竜が現れる。商人の館と同じくらいの大きさだ。その周りにいるワイバーンが小鳥に見えるくらいである。

その圧倒的な迫力に度肝を抜かれる光秀と尊徳少年、だが、ジャンヌは冷静だった。

「砦で見たからなれた」

平然と言い放つと、部下に命じ、固定砲台《バリスタ》を用意させた。先ほどの砦にはなかった設備だ。この愚者の城は天才であるフールが設計をしたもの。上空からの攻撃に対しても万全なのだ。兵士たちは歯車を押して巨大なバリスタを引くと、これまた巨大な矢を備え付け、それを放つ。無数に放たれる巨大な矢。敵が巨大ならば矢も命中しやすい。火竜は胴を貫かれ、翼を裂かれ、地面に激突する。それによって首がへし折れる。

「はっはっは、先日の借りよ。この巨大とかげめ」

ジャンヌは余裕で笑うが、第二陣の竜が現れると血の気が引く。今度は三倍の数の火竜とワイバーンがいたのだ。

「……おぬしが余計なフラグを立てるから」

光秀は軽く皮肉るが、防空体制はジャンヌに一任し、自身は地上の敵を相手にすることにした。城壁を上ってくる敵兵に弓矢を射かけ、熱湯を吹きかけ、投石を行う。攻城兵器には火矢を射かけ、魔術師に命じて《火球》を当てさせる。燃え上がる攻城兵器と兵士、敵兵ながら不憫《ふびん》であるが、慈悲はかけなかった。後続から無限に湧いてくる攻城兵器、あれらを見ると次の瞬間、燃え上がるのは自分たちかもしれないと思ってしまうのだ。敵を思いやる暇などない。城兵に的確に反撃するように指示を飛ばす。さらに時折、自身が兵を率いて出陣し、敵を翻弄した。それを見たジャンヌは内心で褒め称える。

（……さすがあの織田信長《おだのぶなが》一の家臣だった男ね）

無論、言葉にはしないし、本人に告げることはないが。ジャンヌはツンデレである上、素直ではないのだ。それに今、上空から飛来する竜への対処で精一杯だった。ジャンヌ自身が慣れぬ弓矢を使わなければいけないほどのてんてこ舞いだった。ただ、砦で感じたときのような絶望感はない。この城の守りは堅固であったし、頼れる仲間が多い。フールが築いたこの城が落ちる姿など想像さえできないのだ。

「……でも」

ひとつだけ気になることがあった。それは砦を真っ先に攻めてきた〝あの〟醜い竜がいないことである。

（あの禍々《まがまが》しい邪竜がいない。あれがいれば私たちは負けていたかもしれないのに……）

無知で浅学なジャンヌにはあの邪竜がいない理由が想像さえ付いていない。先ほどの戦いで疲れたか、あるいはなにか別の思惑でもあるのだろうか……。

まったく分からなかったが、ジャンヌは深く考えずに戦い続けた。〝もうじき〟フールが帰ってくる。それだけは分かったからだ。一秒でも早く彼の姿をこの目におさめるため、今はこの城を堅守するしか聖女ジャンヌには選択肢が残されていなかったのだ。

†

なかなか落ちない愚者の城、いらだちを覚える悪魔の王は再三、女教皇に命令をする。

「なぜ、ファブニールを出さない。あの竜を前面に出せばもっと有利に戦闘を進められるだろうに」

そのたびに女教皇は、

「申し訳ありません」

と繰り返すだけだった。

理由を尋ねられても、

「ファブニールは疲弊しています」

「ファブニールは餌を消化するのに時間が掛かるのです」

「気分屋なもので」

ところころ変わるのに悪魔のダークロードはいらだちを隠せなかった。

「ええい！　もういい！　俺ひとりで城を落としてくれるわ！」

そのように言い放つが、それと同時に伝令の報告が届く。後方にフールの軍勢が現れたとのことだった。悪魔の魔王は歯ぎしりする。

「ええい、おまえたちがもたもたするから！」

「申し訳ありません」

壊れた蓄音機のように連呼する女教皇、悪魔のダークロードは憤怒の表情を浮かべるが、彼女は媚びるような発言に繋げる。

「しかし、今さら愚者のダークロードが帰還したからなんだというのです。軍の数はこちらが上、あなたが兵を率いてフールの首を取ってきてくださいまし」

「なるほど、たしかにそうだ。城のほうは任せてもいいか？」

「はい。あなたがフールの首を取ったと同時に落として見せましょう」

そのように返答すると、悪魔のダークロードは意気揚々と自身の親衛隊と共に出陣した。

出陣の光景を微笑みながら見送る女教皇、手まで振って見せるが、視界から悪魔の王が消えると、

「さようなら、馬鹿《ばか》な魔王さま」

と笑った。

それに呼応するように諸葛孔明は言う。

「さすがは謀略の魔王様ですね」

「世界最高の知謀を持つあなたに言われるとこそばゆいわ」

「私など貴方様に比べれば取るに足りません」

「度が過ぎる謙遜はよくなくてよ」

「ならば今後の戦略について忌憚《きたん》なく話しましょう。アンナルイズ様は悪魔の王を死地にやり、愚者の魔王と戦わせ、戦死させるつもりですね」

「その通りよ。今の兵士数、士気で戦えばあの男が勝つ見込みはほぼないわ」

冷静冷徹な表情と言葉の女教皇。

「ただ、悪魔の王も無能ではないし、その武勇はなかなか。負けはするけど、健闘はするでしょう。その後、我らが悪魔の王を討ち取ればこの国と悪魔の国、両方いっぺんに手に入る」

「見事な謀略です」

「我ら女教皇の国はこの愚者の国に負けず劣らずの小国、こうでもしなければ拡大は不可能」

「勇よりも智が勝るところを他の魔王に見せてくれましょう」

孔明はそのように女教皇の謀略を賞賛すると、愚者の城への攻撃を〝いい感じに〟緩めた。

今回の戦争の肝《きも》は〝城〟ではない。城を取ることよりも〝人〟を討つことに注力すべきであった。正直、愚者の国の国力など恐れるに足りない。二カ国を併合したとはいえ、山間の小国。

彼らが強者になったのは明らかに〝指導者〟であるフールのおかげであった。要はフールさえ取り除けば愚者の国はまた弱国に戻るのである。愚者の国を奪うのはそれからでも遅くなかった。

すべては合理的に、それが女教皇の国の理《ことわり》であった。

諸葛孔明をはじめ、女教皇の軍勢はそれが分かっていたので、皆の意思が統一された。少なくとも女教皇の操る竜とダークエルフの部隊はそれをよく心得ていた。

†

女教皇がそのような思惑を持っているとは露知らず――とはいわない。愚者の魔王である俺も謀略系の魔王、同じ属性の考えることなどお見通しだ。その上で俺は彼女のてのひらで踊る覚悟であった。その旨を義経とランスロット、李牧、謙信に伝える。

彼ら彼女らは今さら驚きはしなかった。

それどころか李牧は称賛してくれる。

「――柔《じゅう》よく剛《ごう》を制すという言葉がある」

李牧は言う。

「この言葉は智が常に武に勝つ、と誤解されるのですが、そうではありません。この言葉には続きがあります」

「そうなのか？」

　義経が驚く。

「ええ、日本では都合のいい箇所だけ抜粋して引用されているようですね。この言葉は古代、中国の三略《さんりゃく》の言葉なのですが、これは知恵や技術が強者を倒すという意味の言葉ではありません。柔よく剛を制す、剛よく柔を断つ、知恵も技術も力も武力もすべて大事、それらを十全に使って勝利を重ねなさいという言葉です」

「なんと」

　奇略で平家に立ち向かった武将、トリッキーな動きを得意とする義経には目から鱗だろう。

　俺は補足する。

「日本人は小柄で力で劣るものが多いからな。ゆえに知恵や技術が力や武力よりも有利であると盲信してしまうのだろう。しかし、それは〝真実〟ではなく、〝願望〟だ。柔道もボクシングもなぜ、体重別に試合をするのか。なぜ、武力を持っているものが権力を独占するのか、それを考えれば柔も剛も同じくらいに大切であると分かる」

　その言葉にランスロットは、

「魔王殿の言葉の意味は一介の騎士にはよく分からん。しかし、この戦いのキーマンが俺と義経殿、それと謙信公であるということは分かる」

と要約してくれた。

その通りであったのでにこりと微笑む。

「たしかに敵には諸葛孔明をはじめ、謀略の将が無数にいる。また暗殺を得意とするダークエルフも手強《てごわ》いだろう」

事実、一連の戦いが始まってから暗殺を試みられること七回、執拗なほど命を狙《ねら》われていた。今では風呂《ふろ》のときは義経が仁王のように睨《にら》みを聞かせ、トイレにはランスロットが付いてくるようになった。昨日も俺の従者に化けたダークエルフを上杉謙信が一刀両断に斬り伏せている。また、スピカはその細やかな感性で俺の食事に毒が混入していないか、常に見張ってくれていた。もしも彼ら彼女らがいなければ俺は神経をすり減らし、万全な状態で作戦を練ることができなかっただろう。改めて俺は〝ひとり〟で戦い勝ち続けているわけではないと感じる。

仲間たちの有り難い配慮を心に感じながら、作戦の概要を説明する。

「作戦は単純だ。敵が謀略で来るのならばこちらは〝正攻法〟で対応するのみ」

「剛よく柔を断つ、の精神でいくのですな」

「ああ」

短く答えると単純に肯定する。

「この戦いの真の敵は女教皇と孔明、それとやつらが操るファブニールと見ていいだろう」

「先ほどからこちらの陣形を切り裂きながら突進してくる悪魔の王ライナッシュは前座、ということですな」

「うむ」と答える。

「一番厄介なのは邪竜であるファブニールだ。やつの生命力は李牧殿の持つ絶死の矢でしか倒せないだろう」

「その通りだ。やつは邪竜であると同時に不死身の竜、通常攻撃では歯が立たない」

「その矢を扱えるのは李牧殿のみ、そしてそれは二本しかないのだよな？」

「ああ、伝承ではそうなっている。矢自体は練習をすれば誰でも扱えるが、そんな奇特な鍛錬を積んでいるのは俺だけだ」

「そうか。つまり、女教皇アンナルイズもそう思っているわけか」

俺はにやりと笑うと、脳内の作戦を完全に固めた。

「それではやはり李牧殿はファブニールと対峙して貰おう」

「有り難い。孔明に引導を渡すために私は世界中をさまよった」

「孔明とファブニールはワンセットだろうからな」

「それではまず先ほどから俺の部下を蹴散らしてくれている悪魔の魔王ライナッシュを討ち取る」

「しかし、なんでやつは単身で突撃してくるんだ？　ファブニールと同時に来られたらこちらに打つ手はないかもしれないのに」

「女教皇が漁夫《ぎょふ》の利を狙っているのだろう。上手《うま》いやり方だ。もしも俺が彼女と同じ立場でもそうする。さすれば両雄が相打ってくれて助かる」

「男を天秤に掛けた上で弄《もてあそ》ぶ悪女のような輩だな」

ランスロットはため息をつく。彼は清純派の女性が好みでビッチは好みではないようだ。

「そういうことだ。しかし、その思惑を逆用する。こちらは戦力を出し惜しみせず、全力で悪魔の王を討ち取ってそのまま愚者の城に残留しているジャンヌたちと女教皇を挟撃する」

「天秤の秤《はかり》に乗せられる前に決着を付ける、ということか」

「そうだ。だから英雄クラスの将官は覚悟してくれよ」

義経とランスロットは首を縦に振る。

李牧だけは俯《うなず》かないのでランスロットが疑問の声を上げるが、彼は温存したいし、俺がいない間の軍の指揮を取ってもらうつもりだった。

「おいおい、ということは貴殿も前線に出るつもりか？」

「この戦いに前線も後詰めもないよ。安全地帯も危険地帯もない」

先日から続くダークエルフの暗殺未遂。むしろ後方から督戦しているほうが隙を突かれる可能性が高い。それに悪魔のダークロード、ライナッシュは指揮官としての能力はともかく、武人としての能力はなかなかのものであった。魔王同士で決着を付けるしかない。

「というわけでこれからライナッシュに三対一の戦いを挑むが、準備は整っているかな？」

軽い口調で言う。

「異世界の遊戯のような台詞《せりふ》だな」

ランスロットはどこかで仕入れた情報で苦笑する。彼はよくゲームに登場させられるのだそうな。

「お約束の台詞だから言ってみたかった。——ただ、準備をする必要はなかったが」

準備などする暇なく、ライナッシュは目前に迫っていた。彼は巨大な槍《やり》を振り回しながら、こちらに突進をしてくる。

俺とランスロット、それに義経は即座に応戦態勢を整えると、三人、馬を並べ、やつに応じた。


ガキン!!


ランスロットの名剣『アロンダイト』と槍が激突する。魔力を帯びた武器同士、特有の火花がはじけ飛ぶが、剣と槍が交差した瞬間、湖の騎士は体勢を崩す。それほど強力な一撃をライナッシュは放ったということだ。さらに返す刀で義経を弾《はじ》き飛ばすのだから、その実力は折り紙付きであった。

「三対一でこれか……」

義経は吐き捨てるように言う。

「これでは三国志の呂布《りょふ》ではないか」

猛将呂布は作中最強に近い、関羽《かんう》と張飛《ちょうひ》、それにおまけの劉備《りゅうび》を相手にしても互角に戦ったという。悪魔の王はそれに比肩する強さを持っていた。

「なるほど、だからSランクの英雄も粗略に扱うわけだ」

己が自身、一騎当千《いっきとうせん》ゆえに英雄を大事にしないのだろう。〝元〟配下であるランスロットはそのことをよく知っているようで、かつての主人の主人に遠慮することなく、アロンダイトを振り上げた。悪魔のダークロードは旧主アーサー王に匹敵《ひってき》する力を持っていると知っているのだろう。臆した瞬間、首を取られる。ならば有無を言わさず攻撃をすべきだと知っているのだ。彼は間断なく攻撃し続けるが、俺は冷静に状況を観察した。

今、参戦するのはたやすいが、ふたりの剣圧がすさまじすぎる。今、参戦すればそれに切り裂かれるは必定《ひつじょう》であった。ただ、その間、無為無策ではないが。襲いかかってくる悪魔の王の親衛隊を切り伏せる。冷静に悪魔の王とランスロットを観察しながら、最適のタイミングを計ると、義経に、「今だ！」と言った。その瞬間、義経は「おう！」と愛刀『薄緑』を持って入れ替わるようにライナッシュと抗戦を始める。ランスロットは「ぜえぜえ」と後方に下がると、俺に近寄り、「まあ、いい準備運動にはなったかな」と強がった。さすがは伊達男の見本、苦しいときほど笑顔を忘れない。そして思慮深さも。彼は俺の作戦を完全に見切っているようだ。

「魔王殿は俺と義経殿を交互に戦わせることによってライナッシュの体力を奪わせるつもりだな」

「正解だ」

「なかなかに策士だ。俺と義経殿を前座にするなんて」

「そんな小賢しいことを考えているんじゃないよ。やつを討つ最も楽な方法を考えただけだ」

悪魔の魔王ライナッシュは武勇の魔王、複数の敵をなぎ払うことに慣れているようであった。

だから俺はあえて一対一で戦える人材を逐次投入したのだ。複数で取り囲むより個別に戦わせて体力を消費させるのが俺の作戦であった。その作戦はまんまとはまり、義経が一〇分ほど防戦を繰り広げると、やつは肩で息をし始めた。


好機！


と捉《とら》えた俺はやつの懐《ふところ》に飛び込みながらアゾットの短剣に《斬《ざん》》属性の魔力を込める。

義経と入れ替わるようにライナッシュの懐に潜り込むと、斬属性の一撃を放つ。槍はふたつに裂ける。そのままやつの肉体も裂ければ万事めでたしなのだが、そこまで甘くない。やつの分厚い鎧と筋肉はそうそう簡単に裂けそうになかった。ただ、俺はやつの身体を僅かに裂くことには成功した。それで十分だった。
「ふはは、貴様の一撃などぬるいわ!!」
ライナッシュはそのように叫び、腰からロングソードを抜き放ち、鞭《むち》を振るうかのように
ロングソードを振るう悪魔の王、やつの個人的武力は俺を凌駕《りょうが》するようだ。あっという間に
劣勢に追い込められるが、それでよかった。俺がやるべきことはやつの皮膚に傷を付け、一〇
分ほど粘ることであった。その時間さえ稼げば、とどめの一撃は他のものに任せるつもりで
あった。
魔法によって後方に跳躍すると、一騎打ちでは叶《かな》わない旨を伝える。
「はっはっは、潔いではないか。やはり俺様こそ無敵だ。俺には英雄など不要なのだ。俺ひと
りいればこのカルディアスなど……」
言葉が途中で小さくなり、胸を押さえ、ぐらつく。
「……なんだ、この胸のむかつきと倦怠感は」
歳《とし》なのではないか？　老化かもしれないぞ、と皮肉を言ってやりたいところだが、種明か
しをしてやるのが筋というものであろう。
「アゾットの短剣には毒を塗ってあった。邪竜の森で手に入れたトリカブトと魔界の瘴気《しょうき》を
煮詰めて作った俺特製の毒だ」
「毒だと……小癪《こしゃく》な」

「小癪で勘に障《さわ》るガキだと子供の頃から評判だったよ」

「しかし、魔王である俺が毒ごときで死ぬと思ったか？」

「まさか、そこまで楽天的ではないよ。──しかし、おまえをさらに弱めることはできる。そして〝英雄〟の大切さを身をもって知らせることもできる」

「どういう意味──」

ライナッシュが最後まで言葉を発することができなかったのは、一陣の風が空間に満ちたからだ。俺たちを包囲する親衛隊を切り裂くように現れたのは白銀の鎧を纏《まと》った黒髪の少女、彼女は無言で刀を抜くと、下馬することなく斬りかかった。


「貴様は上杉け──」


ライナッシュは彼女の名を最後まで発することはできなかった。なぜならば次の瞬間、彼の首は宙を舞っていたからだ。その首が地上にぽとりと落ちると、上杉謙信はかつて自分を召喚した男に言い放った。

「おまえは私を使いこなすどころか、奴隷として使役《しえき》しようとした。一方、フール殿は私を対等な友人として扱ってくれた。その器量の差が運命の分かれ道となったな」

ライナッシュは魔王、その生命力は凄まじく、首だけになっても恨みがましく上杉謙信を睨

んだが、呪詛《じゅそ》を発することはできなかった。やがて瞳から光は失われ、生命が尽きる。
それを確認した俺は右腕を突き上げ、声高に叫ぶ。

「悪魔の魔王ライナッシュは愚者の国の上杉謙信が討ち取った！」

その言葉が戦場に響き渡った瞬間、悪魔の国の軍勢は気色《けしき》を失った。自分たちのあるじが戦場の露《つゆ》と消えたのだ。この戦争は絶対に勝てると確信して挑んでいたものたちは動揺する。彼らは武器を捨てて逃げるか、やけっぱちの突撃をかましてくるしかなかった。直江兼続《なおえかねつぐ》はそれらを軽くあしらう。

「指導者を失った軍隊ほど脆いものない」

指揮系統がない集団ほど御し易いものはない、と彼は言葉でなく、行動によって示す。兼続は悪魔の軍勢を卵でも砕くかのように包囲殲滅していった。

なかなかの手際であるが、我が軍を指揮するものの中に李牧がいないことに気がつく、見れば彼は弓を担《かつ》いで馬を走らせていた。敵前逃亡やスタンドプレイではない。冷静沈着な彼がそのようなことをするわけがない。彼が馬を走らせるのには理由があるはずだ。そう思って彼の行き先を見ると、そこには巨大な竜がいた。

「やっと真打《しんうち》の登場か」

俺がそのようにつぶやくと義経は驚愕《きょうがく》する。

「なんと巨大で禍々しい生き物なんだ」

謙信も同意する。

「同感だ。さまざまな竜を見てきたがあれは別格だな」

「邪竜ファブニール、黄金を抱擁するもの、という意味を持つ禍々しいドラゴンだ」

「黄金を抱擁するもの？」

「そのままの意味だよ。金ピカなものが大好きなようだ」

「しかし、その姿は黄金からほど遠いな」

ランスロットは蔑《さげす》むように言う。

「たしかに蛭《ひる》とトカゲの合いの子ような姿をしている」

目がない。それに真っ黒な皮膚はぬめっとしていて気持ち悪い。まったく審美眼を刺激されない容姿を保有しており、この星の外からやってきたような外見をしていた。

「人は、いや、竜は見た目で判断するものではないが、話し合いは通用しそうにない」

そのように断言すると、義経は和弓を構えた。武士の本文は弓馬、弓を放つのも得意なのだろう。さすがの義経もあの禍々しい化け物に接近戦を挑む気にはなれないようだ。しかし、それは正解だ。ファブニールは瘴気を放ち、近づく兵を殺している。敵味方関係なく、彼に近寄るものは死の洗礼を受けていた。

「毒も放つのか、厄介だな」

ランスロットは苦々しく言う。

「ああ、だから遠距離から様子を見る」

そのように断言するとランスロットには弩《いしゆみ》を与える。弓の基礎がないものにはこちらのほうがいい。あと直江兼続には火縄銃と大砲を用意させるように命じた。

「御意」

と短く答えると、各自、遠距離から攻撃を加えるが、巨大な竜にとって弓や銃弾など針ほどの効果しかなかった。砲弾は幾分かましであったが、それでも決定打にならない。

ここはやはり李牧が持つ〝絶死の矢〟に期待をするしかなかった。邪竜を討伐するよりも、李牧が邪竜に向かう道を作る方に注力すべきだ。そう悟った俺は将官たちに指示をする。

「兼続はそのまま砲撃を加えよ」

兼続は砲弾の雨によってそれに答える。

「上杉謙信、それにランスロットは李牧に近づく残党やダークエルフを掃討せよ」

ふたりは即座に剣と槍を掲げて突撃をする。

李牧に群がる敵軍を払い退けるが、案外、組織的な抵抗が強かった。敵の指揮権が女教皇に掌握されつつあると察することができる。遠見の魔法でファブニールの後方から督戦する女教皇、余裕の笑みさえうかがえる。ファブニールと竜の軍団さえいれば愚者の国を殲滅する自信があるのだろう。その自信は虚栄と言い張ることができないのが辛《つら》い状況ではある。邪竜ファブニールが尻尾《しっぽ》を振るたびに数十の兵が犠牲となり、口から吐く毒の霧によって数百の命が奪われる。またファブニールの眷属《けんぞく》と思われる地竜たちも強力であった。

押される一方であるが、ただそれでもこちらとしては絶死の矢をファブニールに当てるだけであった。なんとか李牧のために血路を開かせると、弓の射程圏内に入らせることに成功する。李牧はおもむろに矢筒から絶死の矢を取り出すと、弓につがえ、振り絞る。矢はまっすぐにファブニールの眉間に向かうが、それをはじく存在が。石の兵が矢を代わりに受ける。

「あれはなんだ⁉」

ダークエルフを斬り殺しながらランスロットは問う。

ファブニールの背中に乗っていた人物――諸葛孔明はにやりと返答する。

「石兵八陣《せきへいはちじん》」

それは彼の固有スキルのようだ。石の形の兵士を傀儡《かいらい》のように操る技のようである。兵自体、強力ではないが、おとりに陽動、あるいは〝身代わり〟と使い勝手の良さそうな技であった。少なくともこの局面では厄介である。

絶死の矢はあと一本、次で当てなければ終わりだ。李牧は慎重にならざるを得ない。まずはファブニールの背中に乗る諸葛孔明を始末するために普通の矢を放った。しかしそれも一陣の風で機動をそらされる。諸葛孔明は〝風〟を操ることでも有名であった。また、一晩で矢を一〇万本集めたという逸話もある。弓による攻撃は無駄かもしれない。李牧はそのことを誰よりも知っていたが、それでも愚直に弓を射続けた。それしか攻撃方法がなかったからだ。

「愚かなり、李牧。あなたは古今の名将だというのに、そのような攻撃方法しか思い浮かばないというのですか?」

「ああ、おまえは私を買いかぶりすぎだ。私は穴熊のように防備を固めるのが得意であって、攻めは得意ではない」

「そんなことはない。あなたは優秀な人であった。この孔明と何年も議論を交わせたのはあなたと徐庶《じょしょ》くらいなもの」

「あの森でおまえと政戦両略《せいせんりょうりゃく》を交わしていたときが人生で一番楽しかったかもしれない」

「私もです。ですから今からでも遅くはない。こちらの陣営にきてください。女教皇アンナルイズ様は賢能の士を大切になさいます」

「たしかにその通りかもしれないが、賢能の士も武勇の士も、そしてなによりも民を大切にする王を知っている。その方にお仕えするのが私の宿命だ」

「それが魔王フールだというのですか?」

「そうだ。女教皇は俺を恐れて殺した幽繆王《りゅうぼくおう》と同じ匂《にお》いがする。おまえも利用されているだけだぞ」

「それはお互い様です。女教皇アンナルイズに魂までは売っていない。あの方の下にいれば最高に楽しい知的ゲームを楽しめると思っているだけ」

「相変わらずのマッドサイエンティスト気質だな。そうやっておまえはあの純粋な竜だったファブニールをも〝支配〟した。殺戮《さつりく》兵器へと変えた！」

李牧は怒りながら弓を振り絞るが、孔明は堪《こた》えた様子はない。

「竜の本質は邪悪です。本来の姿に目覚めさせてなにが悪いのです⁉」

「黙れ！」

李牧はファブニールが異形となる前の姿、可愛《かわい》らしかった竜の雛だった頃を思い出しながら攻撃を加える。

邪竜の森で拾ったファブニール、彼は善良な竜であった。少なくとも平然と人を殺すような殺戮マシーンではなかった。だが孔明は邪悪な秘法と教育によってファブニールを歪《ゆが》めた。それに気が付いたとき、李牧は孔明と決別したのだ。もはやこの後輩に友愛の精神は持ち合わせていなかった。李牧は石兵をかき分けながら孔明に近づく、弓矢は接近戦に不利であるが、李牧ほどの達人になると、体術や近接射撃、直接鏃《すき》を使った攻撃などで石兵を次々と破壊していく、孔明はファブニールの背から後方に移動し、時間を稼ぐが、文字通り時間稼ぎにしかならなかった。李牧は悪鬼のような移動速度で諸葛孔明を補足するが、それは〝孔明〟の罠であった。目前まで到達すると、李牧は弓を狙い付ける。孔明はほくそ笑む。

「私はあなたの弓矢が尽きるのを待っていました。その矢はあなたがたの切り札である絶死の矢、それをあなたは私に使うことができますか？」

「やるしかない」

冷徹に意放つと、〝最後の〟絶死の矢を放つ。これは孔明が憎かったからではない。孔明を殺すチャンスが今しかなかったからだ。ここで情を掛け、孔明を逃がすこともできる。その矢をファブニールに放つことができたかもしれないが、それも孔明に止められただろう。彼の石兵八陣と風雨を操る記述は、李牧の弓矢と相性が悪すぎた。

心臓を射られた孔明は李牧を見上げるが、恨みがましい表情も言葉も発しなかった。

「――あなたならば絶対に放つと思っていました」

「ああ、それしか選択肢がないからな。そしておまえも最初から死ぬことを計算していたのだろう」

「――そうですね。私の死も計画のうち。あなたの絶死の矢だけがこの計画の弱点でしたから」

「死せる孔明、生ける李牧に矢を撃たせる、か。己の死すら計算に入れてしまうその度量、おまえはやはり古今随一の軍師だよ」

「――恐縮です」

「しかもそれが女教皇への忠義心からではなく、己が知的好奇心を満たすためだけにこのような真似《まね》をするとは。見上げたものだ」

「――ふふふ、遊戯《ゲーム》は狂気に満ちているほど面白い。遊戯だからこそ本気にならなければ」

孔明はそのように言い残すと、絶命した。彼は女教皇の国という弱小国家が覇権を取る青写真を描くこと、その礎《いしずえ》となることを望んだ。そしてその計画をほぼ達成して死んだ。さぞ満足であろうが、こちらとしてはそのまま座視することはできなかった。かつての友の死を見送ると、李牧は改めてファブニールを見つめた。かつて雛竜であった頃の面影は残っていなかった。李牧のことなど記憶の片隅にもなさそうであったが、李牧は無念がることなく、ファブニールに挑むことにした。

ファブニールは狂乱したかのように愚者の国の軍隊を蹂躙《じゅうりん》している。いや、もはや悪魔の国も女教皇の国も関係ない、といった感じで暴《あば》れていた。当然の戦術か、もはやこの戦場の支配者は彼であり、勝敗はすべて彼が握っていた。ファブニールがこのまま戦場を蹂躙すれば女教皇は勝つのである。すべては女教皇と孔明の思うがままであったが、李牧はまだ諦めてはいなかったので、死んだ兵士たちから矢を拝借すると、そのまま突撃をした。

一方、上杉謙信、直江兼続、源義経、ランスロット、ジャンヌ・ダルク、明智光秀たちはなんと愚者の軍勢の崩壊を防ぎながら健闘していた。

見事な戦いぶりだ。さすがは俺が選んだ英雄だけはあるが、このままではじり貧となり負けるだろう。俺は彼らを信じ、最後の突撃を命じた。

李牧以外の英雄たちを本陣に集結させ、このように命じた。

「今から最後の突撃をする。これに失敗すれば全滅、成功すれば勝利となる」

分かりやすい、と諸将は笑った。彼らは全員、死と隣り合わせで戦ってきた英雄だ。今さら死を恐れるものなど誰もいなかった。

作戦は単純だ。直江兼続と明智光秀が兵を率いてファブニールを足止めする。その間、他の諸将はファブニールの後方にいる女教皇を討ち取ることに全力を尽くす。

「要は、先にこちらが全滅するか、女教皇を討ち取るか、そのどちらかということですな」

にか、っと白い歯を見せて笑うは明智光秀。彼は俺の単純な作戦を称揚してくれる。他の連中も同様だった。そうと決まればすぐにでも、と諸将は駆け出す。

「狙うは女教皇アンナルイズの首ひとつ！」

そのように叫ぶと、まずはランスロットが先陣を切った。彼は正統派の騎士、その配下も同じだ。部下を横一列に並べ、正々堂々と突撃する。それを女教皇の軍勢が正面から受け止める。勝敗は五分五分であったが、それで十分だった。

「馬上試合の借りを返す！」

源義経はそのように言い放ちながら、断崖絶壁から駆け下りる。必殺の逆落とし突撃であるが、これを喰《く》らった敵兵は溜まったものではなかった。あっという間に陣容は崩れる。その間隙を突くようにジャンヌが聖女突撃をかますともはや女教皇は丸裸となった。

すかさずそこに上杉謙信の剛の一撃が振り下ろされる。親衛隊もいなければ英雄もいない女教皇は思いのほか脆かった。

「越後龍平突き《えちごりゅうひらづ》！」

上杉謙信は必殺の一撃を放つ。越後平突きとは彼女の必殺技の突きであるが、その名の通り〝突き刺す〟技だ。しかし、その一撃は突きなどという生易しいものではない。とてつもない威力を秘めており、女教皇の上半身と下半身を切断する。突きであると同時に斬撃属性も加えたような一撃は女教皇を〝一撃〟で葬り去るのに十分であった。

吹き飛ぶ女教皇の上半身、謀略の女王のあっけない最後であった——と言い切ることはできないだろう。

吹き飛ばされる女教皇の上半身、その顔は愉悦《ゆえつ》に浮かんでいた。彼女は俺たちに肉体を破壊されることなど承知済みだったのだ。

女教皇の上半身はそのままファブニールの口に中に吸い込まれる。ファブニールが主であるアンナルイズを食べたのだ！　——誰しもが驚愕したが、それさえも女教皇の演出のひとつであったようだ。やがて彼女の上半身はファブニールの頭頂に現れる。

彼女は圧倒的強者と嗜虐心《しぎゃくしん》を見せつけながら宣言する。

「あーはっは、なんと間抜けな愚者の王、私の真の策も知らずに踊らされてくれるなんて！」

愚者の国の英雄たちは固唾《かたず》を呑《の》む。

「ファブニールと女教皇が融合した」
「あの女、最初から殺されるつもりだったのか」
「やつの真の目的は愚者の国ではなく、最強の生物、ファブニールと一体化することだったのか」

彼ら彼女らはそのように漏らす。女教皇はそれを肯定する。

「私の目的は孔明がファブニールを使役していたところで完成していた。悪魔の国との同盟も、この国の支配もあくまで余興にしかすぎない」

全能感に酔いしれるようなものいいだ。彼女の強さは魔王を超越し、〝神〟にも等しい。その驕りも当然であった。
事実、彼女はファブニールの腹に力をため込むと、毒と魔力を込めた一撃を放つ。その光線にも似た毒によって直線上にいた兵士百人を融解させた。運良く直撃を免れた兵士も皮膚がただれる。尻尾や爪《つめ》などの攻撃で暴君のような攻撃を加えるが、そのたびに俺の大切な兵士たちが肉塊《にくかい》になっていく。

この化け物は兵士たちの手に負えないと悟った俺は兵士たちを後方に引かせると、英雄たちだけで戦わせることを決断する。

ランスロットは皮肉気味に、

「俺たちならばミンチになってもいいということかな？」

と冗談めかしたが、義経は「否」と答える。

「我々ならばファブニールに対抗できる！　という信頼感があるのだ！」

そう言い放つと率先してファブニールに突撃を挑むが、ランスロットも義経も致命打を与えることはできない。肉をえぐり、骨を砕くことはできてもそのまま再生をしてしまうのだ。この化け物を倒すには絶死の矢か、あるいは圧倒的な威力の攻撃が必要であった。上杉謙信を見つめるが、彼女の越後龍平突きでもファブニールを消滅させることは不可能であろう。それを知っている謙信はこのような提案をする。

「私が時間を稼ぐ。その間にフール殿は先ほどの隕石落としをもう一度放ってくれるか？」

俺の代わりに反論したのはジャンヌだった。

「簡単に言わないでちょうだい。隕石落としの魔法がどれほど身体に負担を掛け、魔力を消費するか知らないの？」

「知っていてあえて頼んでいる。あの無限の回復力を持つ化け物を倒せるのはフール殿しかいない」

言い合いを始めるふたりであるが、俺は呪文を詠唱することによって議論を封殺した。もはややるやらないではなく、やるしかないのである。あの化け物を倒すには隕石を直接命中させるしかなかった。俺の決意を見抜いたジャンヌは普段では見られないような真剣な瞳をすると、部下に俺を守るように命じた。謙信は時間を稼ぐためにファブニールに突撃をする。

しかし、女教皇もこの戦場で自分を殺せる存在が俺だけと知っているのだろう。執拗に俺の息の根を断とうと攻撃を加えてくる。英雄たち、兵士たちの懸命な護衛がなければ俺は呪文を詠唱することさえできなかったのはたしかだ。呪文の詠唱が進むたびに英雄たちが傷つき、兵士たちが死んでいく。その無残な光景を見ながら平常心を保って呪文を詠唱するのは、拷問《ごうもん》にも等しかった。

先ほどファブニールの爪で腹を切り裂かれたのは先日、婚約者ができたと俺に自慢をしていた男であった。この戦争が終わったら兵士を辞め、田舎で田畑を耕すと言っていた男だ。彼はラディッシュができたら必ず献上すると言っていた。

今し方、尻尾で全身の骨を打ち砕かれたオーク、彼は一〇人の子豚の父親であった。敷かれ甲斐のある尻《しり》をしているかみさんを持っているのが自慢な男で、今度一一匹目が生まれると同僚に自慢していた男だ。

もうひとりは魔術の研究に没頭する亜人《あじん》の男だった。彼は宇宙の真理を解き明かすことに全精力を掲げ、星空の彼方を冒険することを夢見ていた。死体となった彼の身体はこの星の土となり、やがて宇宙の一部になるのだろうか。

俺の親衛隊たち、名前も顔も声も匂いすらも思い出せる彼らが死んでいく様を見るのは堪《た》え難かったが、その苦役に満ちた時間も終わりが見える。呪文の詠唱が完成したのだ。俺は再び、

〝メテオ・ストライク〟

の呪文を詠唱し終える。

それを確認した女教皇アンナルイズは苦虫を噛み潰したような表情で言った。

「小癪な魔王ね」

「同類だな」

「お生憎様《あいにくさま》、今の私にはあらゆる攻撃に耐え得る最強の肉体がある。あなたの隕石落としも防いで見せましょう」

そのように宣言すると両腕を天に掲げ、大空から襲来する隕石に備えた。彼女が両腕を上げ

た瞬間、雲をかき分け、轟音と共に飛来する隕石。先ほどのものよりも巨大なそれを両腕で受け止める女教皇。むろん、魔力を込めた腕で行っているが、人の形をしたものが隕石を抑え込む姿は異様であった。

「無駄よ無駄。今の私の魔力は無尽蔵、石ころ如《ごと》きで破壊はできない」

相当の質量と速度によって生まれた破壊エネルギーも邪竜と一体となったアンナルイズの前では無力であった。彼女は魔力によって隕石を受け止めると、それを粉々に砕く。

「あーっはっは！　無敵無敵！　今この瞬間、私はこのカルディアスで最強の存在となったわ！」

「たしかにそうかもしれない。しかし、最強が勝つとは限らない」

「負け惜しみを」

「漢楚戦争のおり、項羽《こうう》と劉邦《りゅうほう》という男がいた。項羽は七二度にわたって劉邦に打ち勝ったが、最後は劉邦に敗れた」

「それは最強ではなかったのではなくて」

「ローマという国は圧倒的な軍事力と文化力で地中海世界を制覇したが、皇帝の座についたものの八割は戦場で死ぬか暗殺された」

「二割は天寿を全うしたということね」

私はその二割、と言いたげな口調であった。

「ユーラシアを席巻《せっけん》したモンゴル帝国は分裂に分裂を重ね、草原の小国となった」

「私はそんなへまは犯さない。そもそも私ひとりいればこの世界を蹂躙できるもの」

「仮に世界の頂に立ったとしても周りに誰もいなければなんの喜びも見いだせないぞ」

「快楽ならばすでに味わい尽くしたわ！」

そのように言い放つとアンナルイズはファブニールの身体から無数の触手を放つ、俺はそれを魔法で消したり、アゾットの短剣で切り裂いたり、なんとかかわすが、五七本目の触手が俺の腹をうがつ。


ぶすり！


肉を裂く嫌な音がする。自分のはらわたをえぐられるのは心地よいものではないし、痛い。それに苦しい。一本の触手ならばまだしも腕に足、胸に至るあらゆる箇所を同時に串刺しにされた。魔王でなれば即死していたところであるが、幸か不幸か、魔王の生命力は常人よりも遙かに上だった。さらに触手の持ち主も魔王、〝一思いに〟相手を殺すなどという慈悲は持ち合わせていなかった。触手はすべて〝急所〟を外していたのである。

残った最後の触手を俺の頭部直前で止める。

「どう？　自分よりもより強い魔王になぶり殺される気分は？」

「嬉《うれ》しくて小躍りする気持ちにはなれないね」

「このまま四肢を切り裂いて操り人形《マリオネット》にするのもいいかもしれないわね」

くすりと笑うアンナルイズ、つられて俺も笑う。

「──なにがそんなにおかしいの？」

不適切な場面での嘲笑は人の神経を逆なでさせるなにかがあるようだ。アンナルイズは苛《いら》つきながら尋ねてくる。

「あなたの生殺与奪《せいさつよだつ》の権は私が握っているのよ。もっとあらがいなさいよ。命乞いをして私を楽しませなさい。そうすればあと三分ほど長生きができるのだから」

「乾麵を茹でる時間だけ長生きをしてもな」

「自尊心とともに死ぬというわけね」

「いや、仲間と共に〝生きる〟だけさ」

不敵に言い放つと、俺の後方から一陣の風と共に現れる影が。彼は狩猟者のようにひっそりとファブニールに接近していたのだ。

その影を見た瞬間、アンナルイズは驚く。

「おまえはッ！」

アンナルイズはその男に見覚えがあった。寵臣《ちょうしん》諸葛孔明の友人。

彼は不敵に笑うと、無言で弓に矢をつがえた。

すでに百発百中の間合いにいた〝李牧〟はアンナルイズに向かって弔辞を読み上げる。

「おまえにとって謀略は芸術であり、人生であった。だが、フール殿は違う。敵を欺くのは味方の被害を少なくするため、民を救うための謀略だ」

「戯《ざ》れ言を！　今さらおまえが現れたところでなんになる！　もはやおまえは絶死の矢を撃ち尽くし――」

最後まで言葉を発することができなかったのは、李牧の矢に〝見覚え〟があったからだ。

「そ、それは――」

思わず息を呑むアンナルイズ。彼女が見たのはもうこの世界に存在しないはずの〝絶死の矢〟であった。

「ば、馬鹿な。その矢はもう撃ち尽くしたはず」

「魔王殿は謀略家であると同時に詐欺師であり、奇術師でもあってな」

李牧は軽く俺を見る。種明かしをお望みのようだ。俺はかろうじて自由になる右手からアゾットの短剣を光らせると、左手に同じものを作った。〝無論、性能は本物に及びもしないが、姿形はそっくりであった〟

「――それは《複製》の魔法⁉」

「最も初歩的で最も役に立たないといわれている児戯《じぎ》のような魔法さ。でも、使い方によってはカルディアス最強の生物も殺せる」

俺がその宣言するとアンナルイズは叫ぶ。

「おのれ！　先ほど放った矢は偽物ということか!!」

してやられたというよりも苦みに満ちた成分が多く含まれていた。事実彼女はしてやられた。

李牧は弓弦をぎりぎりまで絞り込むと冷酷に矢を解き放った。


ヒュン！


乾いた音が戦場に木霊する。禍々しい形の矢は吸い込まれるようにファブニールと一体化した女教皇アンナルイズの眉間に突き刺さる。彼女はその可憐さとは無縁の末期の絶叫を上げると、肉体を崩壊させていった。この世で最も憎いと俺を見つめる。

「まさかこの私がこんな詐術で負けるなんて……」

「頭のいい人間ほど騙《だま》しやすい。〝自分以外は皆、馬鹿〟だと思っているからな」

「おまえも例外ではないのか？」

「俺は自分〝こそ〟馬鹿だと思っているよ。なにせ愚者のダークロードだからな」

その言葉を聞いたアンナルイズは悟ったかのように穏やかになる。

「無知の知か……」

無知の知は自分は無知であることを知っている。そういうものこそが賢者である、と古代の哲学者ソクラテスが残した言葉だ。様々な解釈があるが、俺は慢心するな、最後の最後まで考え抜け、というふうに解釈していた。だからこそ今回の勝利に繋がったわけだ。崩れゆく女教皇の身体を見つめながら、美しかった謀略の女王にはなむけの言葉を掛ける。

「おまえは掛け値なしの強敵であった。今まで戦ってきたどの魔王よりも強かったよ」

それで彼女が満足したかは定かではないが、憎しみに満ちていた目が少しだけ穏やかになったのは気のせいだったろうか。

こうして俺と愚者の国軍隊は悪魔と女教皇の国の猛攻に耐え抜いた。多大な犠牲を強いられたが、愚者の国の版図は悪魔の国北部の山岳地と邪竜の森まで広がった。もはや小国とはいえない規模となり、ますます他の魔王から警戒される存在となった。カルディアス統一まで一歩前進したのである。

後に邪竜戦争と呼ばれる戦いを勝ち抜いた俺たち。その犠牲は大きかったが、得られたものものある。それは心強い仲間だ。戦勝の宴に集まった新たな占領を見つめる。

白銀の鎧を纏った軍神、上杉謙信、酒がめっぽう好きな彼女はドワーフの技師たちと飲み比べをしている。日本酒、蒸留酒、工業用のアルコールにまで手を付ける始末で、酒樽《ドワーフ》どもに一歩も引けを取らない酒豪ぶりを見せている。彼の横にいる少年は麦酒を二、三、口に付けている。直江兼続少年軍師は酒を嗜まないようだ。対比の激しい主従であるが、彼らはこの邪竜戦争において八面六臂《はちめんろっぴ》の活躍をしてくれた。MVPを選出しなければいけないのであればこのふたりを推す。

次いで挙げるは湖の騎士ランスロット、スピカに恋する恋多き騎士。女好きの軟弱な男であるが、戦場では誰よりも勇敢に戦ってくれた。鬼神がごとき活躍をし、戦略的勝利、戦術的勝利に貢献してくれた。彼は勝利の宴でスピカを追いかけ回して彼女を困らせている。スピカは上手くあしらっているが、彼の恋が成就する日はこなさそうであった。なぜならば魔族や亜人の美しい娘が横を通るたびに目移りしているからだ。

そして俺の〝詐術〟を即座に理解し、完璧《かんぺき》に実行してくれた〝共犯者〟李牧、彼は狩人の姿をやめ、中華風の漢服を着ている。つまり正式に俺の配下になってくれたということだ。春秋戦国時代有数の軍師が仲間になってくれたことはなによりも頼もしかった。昨夜も宴の準備そっちのけで政治と戦略について語った。今後、愚者の国が取るべき道、大陸統一の可否について熱く語り合った。

　彼ら新参はもちろん、古参の文官武官たちの労もねぎらうと俺はひとり、愚者の城のバルコニーに向かった。話し疲れたということもあるが、酔いが回ったのだ。

　夜空を見上げる。そこにはおとめ座α星――スピカはない。当たり前だ。おとめ座α星はこのカルディアスに存在する星ではないからだ。異世界、地球と呼ばれる星から見える恒星がスピカであった。俺はありもしない星を探し続けるが、彼女は夜空にではなく、地上にいた。

彼女は酔い冷ましの水を持ってきてくれると、それを俺に渡した。

　しばし一緒に空を見上げると、彼女は俺の労をねぎらう言葉をくれた。

「ご主人様はすごいです。このままこの世界を統一されるのですね」

「そうしたいと思っている。いや、そうしなければ」

「――それは例の大聖女様を復活させるためですか」

「そうだな。そのためだ。しかし、彼女は復活は望むまい」

「なぜです？」

「この世の理《ことわり》を知っているからだ。死者が蘇《よみがえ》ることはない。だから生命《いのち》は大切なのだ。

彼女は常日頃からそう言っていた」

「大聖女様の言葉を尊重されるのですね」

「そうしたい気持ちもある。それを否定したい気持ちもある。矛盾だな。この世の中矛盾で溢《あふ》れている」

　平和な世界を実現するため、戦争をする。生命の大切さを知っている大聖女を復活させる。まったく、相反することを俺はやり続けているのだ。苦悩と葛藤に満ちてしまうが、そんな俺にスピカは優しい言葉を掛けてくれる。

「光秀様に矛盾という言葉の意味を教わりました。最強の盾と矛が戦ったらどうなるか、という言葉が語源らしいですね」

「そうだ。最強の矛は最強の盾を貫けるのか、貫けるのならば最強の盾は最強ではないし、貫けないのならば最強の矛は最強ではない」

「面白い言葉です」

「ああ、『ほこ』と『たて』なのに『むじゅん』と読むところも面白い」

「たしかにそうです」

　ふふふ、とスピカは笑う。その笑顔はなによりの癒やしとなる。つられて俺も笑顔になるが、ひとしきり笑うと彼女は誰よりも聡明な言葉で俺を勇気づけてくれた。

「ご主人様の右手には最強の矛があります。左手には最強の盾が。そのふたつを争わせる必要はないと思うんです。ただ、その力を平和のために使ってください。民を慈しむためだけに使ってください。――そうすれば大聖女ルシア様も喜ぶと思うんです」

　ルシアと同じくらい清浄に満ちた言葉によって彼女は今宵の宴を締めくくってくれた。俺にとって彼女は小さな聖女になりつつあった。

「――ありがとう。スピカ」

その言葉は俺の心の中心から生まれた素直な気持ちであった。

あとがき

GA文庫読者の皆様、作家の羽田《はた》です。

「英雄支配《えいゆうしはい》のダークロード」二巻、お買い上げくださりありがとうございます。

本作は歴史上の英雄たち、それも主役ではない人物を召還し、活躍させるというコンセプトをもとに執筆しております。

といってもあまりにもマイナーな人物ですと盛り上がりに欠けるため、なるべく有名どころを出すように心がけております。

今巻は上杉謙信《うえすぎけんしん》、李牧《りぼく》、ランスロットなど、一度は耳にしたことがある人物ばかりです。やはりなじみがある人物のほうが面白《おもしろ》いですしね。

上杉謙信は武田信玄《たけだしんげん》との対決が有名ですが、関東で大暴《あば》れした人物でもあります。また生涯女性を遠ざけ、月に一度はお籠《こ》もりしていたという話もあります。そこから女性だったのではという説が生まれました。創作としてはこちらのほうが面白いので女性にしてみました。

李牧は大ヒット漫画で一気に知名度が上がった軍師です。小説などではあまり取り上げていないのでピックアップしました。諸葛孔明《しょかつこうめい》は逆に敵にしたら面白そうと思いました。いかがでしたでしょうか？

ランスロットはご存じ、アーサー王と円卓の騎士の中で一番有名な人物です。女好きのキャラということにして物語のアクセントにしてみました。

さて、一巻でも多岐に渡《わた》る英雄を出してきましたが、今後はどうなるか未定です。漫画版が発売されるので今作に出た英雄たちの活躍をそちらのほうでもお楽しみください。

それでは最後までお読みくださりありがとうございました。

ファンレター、作品の
ご感想をお待ちしています

〈あて先〉

〒106－0032
東京都港区六本木2－4－5
ＳＢクリエイティブ（株）
ＧＡ文庫編集部 気付

「羽田遼亮先生」係
「マシマサキ先生」係

本書に関するご意見・ご感想は
右の QR コードよりお寄せください。

※アクセスの際や登録時に発生する通信費等はご負担ください。
※この物語はフィクションです。実在の人物、団体等は関係ありません。

https://ga.sbcr.jp/

英雄支配《えいゆうしはい》のダークロード 2

発　行	2022年9月30日　初版第一刷発行
著　者	羽田遼亮
発行人	小川　淳

発行所　SBクリエイティブ株式会社
〒106−0032
東京都港区六本木2−4−5
電話　03−5549−1201
　　　03−5549−1167（編集）

装　丁　木村デザイン・ラボ

印刷・製本　中央精版印刷株式会社

ISBN978-4-8156-1246-7
Printed in Japan
GA 文庫

試読版は
こちら!

試読版は
こちら!

お隣の天使様にいつの間にか駄目人間にされていた件7

著：佐伯さん　画：はねこと

GA文庫

夏休み明けの学校は、文化祭に向けて少し浮ついた空気が漂っていた。クラスメイトは周と真昼のカップルらしい雰囲気に慣れてきたようで、生暖かく見守られている日常。

文化祭では周のクラスはメイド・執事喫茶を実施することになった。“天使様”のメイド服姿に色めき立つクラスメイトを見やりながら、真昼が衆目に晒されることに割り切れない想いを抱える周。一方、真昼は真昼で、周囲と打ち解けて女子の目にも留まるようになった周の姿に、焦燥感をかきたてられつつあった……

可愛らしい隣人との、甘くじれったい恋の物語。

第15回GA文庫大賞
GA文庫では10代～20代のライトノベル読者に向けた
魅力あふれるエンターテインメント作品を募集します！
世界を書き換えろ！
イラスト／ファルまろ
大賞賞金300万円＋ガンガンGAにてコミカライズ確約！
◆募集内容◆
広義のエンターテインメント小説（ファンタジー、ラブコメ、学園など）で、日本語で書かれた未発表のオリジナル作品を募集します。希望者全員に評価シートを送付します。
※入賞作は当社にて刊行いたします。詳しくは募集要項をご確認下さい。
応募の詳細はGA文庫公式ホームページにて
https://ga.sbcr.jp/